D1565392

ON NE TOUCHE PAS

KETTY ROUF

ON NE TOUCHE PAS

roman

ALBIN MICHEL

PREMIÈRE PARTIE

JE DANSE, DONC JE SUIS

1

Aujourd'hui, je n'existe pas.

Demain, probablement non plus.

À la fin de la semaine, je m'enverrai trois diabolos menthe en solo. Je lécherai mes doigts – tous mes doigts – après avoir avalé des cacahuètes.

Je baisse la tête. Les dalles en béton gravillonnées me font un clin d'œil. Ça brille comme les cristaux de sable d'une aire de jeux. Je pose mes pieds à la jonction entre deux dalles, je saute à pieds joints. Ma marelle à moi.

À ce rythme-là, je risque de rater le bus.

Je m'en fous.

Aujourd'hui, c'est le premier jour d'école.

2

Je les connais par cœur les trottoirs à cinq heures et demie du matin, les arrêts de bus, les passages piétons, les couloirs du métro avec leurs bandes en caoutchouc le long des quais. C'est mon chemin de croix : cinq arrêts de bus, quarante minutes de métro, deux changements, sept minutes de marche, une nouvelle gare, trente-cinq minutes de train. Dans le bus, dans le métro, dans le train, parfois même en marchant, je lis des romans érotiques. L'année dernière je me suis fait *Les Trois Filles de leur mère*, *Thérèse philosophe*, *L'Anus solaire*, *Histoire d'O*, *Le Supplice d'une queue*. Deux heures d'érotisme version papier : des pages de mots crus que je tourne comme on égrène un chapelet, ma prière à chaque station avant le calvaire du lycée. Aujourd'hui, j'ai glissé Apollinaire dans mon sac. Commencer par une grande œuvre pourrait me donner de l'entrain. «Il palpait ces fesses royales et avait insinué l'index dans un trou du cul d'une étroitesse à ravir» : la prose du poète mieux que les oranges pressées du petit déj et les vitamines en complément alimentaire. Mais le livre me tombe des mains, impossible de lire avec les yeux voilés de larmes. *Les Onze Mille Verges*, ce sera pour plus tard.

Le portail en aluminium se trouve exactement là où il était la dernière fois. Il me fixe depuis sa masse grise et épaisse. Je baisse les yeux, Alcatraz me fout la trouille. Combien de fois me suis-je vue reculer, faire demi-tour, abandonner pour toujours ? Je n'ose plus compter le temps que j'ai déjà passé ici, ni le nombre de demandes de mutation. Tous les ans, j'ai l'impression de jouer dans le même film – ou plutôt, devrais-je dire, c'est le scénario qui se joue de moi. Cette année aussi, même établissement, mêmes collègues, même inéluctable désarroi, mêmes trois classes, même programme. J'arrête de marcher. Un, deux, trois, quatre… j'y vais, il le faut. J'appuie sur le bouton d'ouverture, mais le portail ne bouge pas. Depuis l'interphone, la voix du concierge me dit de pousser. J'écarte péniblement les vantaux.

– Ah, tu es là, Joséphine… toi aussi en retard !

Mme Louis, la prof de mathématiques, se retourne au cri du portail. J'allonge le pas tandis qu'elle avance péniblement en direction de l'établissement. Je baisse la tête. Pas envie de revoir l'étendue de béton, les bancs couverts de graffitis, la façade centrale et les deux bras de l'établissement, suites interminables de fenêtres identiques s'étirant parallèlement de chaque côté. Des tenailles à broyer l'air. Je préfère me concentrer sur mes ballerines à paillettes qui tiennent la cadence. « Glisse,

glisse, glisse donc, madame la limace. Glisse, glisse, glisse donc, monsieur le limaçon. »

Dans la salle des profs l'arôme du mauvais expresso se mêle aux effluves d'after-shave ordinaire. La nausée m'étrangle. Certains collègues traînent, d'autres, plus disciplinés, ont certainement pris place dans la salle de réunion pour le discours de bienvenue du proviseur. Je n'ai pas envie de parler, je sens ma voix me quitter, ma mâchoire se contracter dans un sourire forcé. Sans doute la même grimace que j'aperçois sur les quelques visages autour de moi. Quel gâchis. Des gueules de bois mais sans l'ivresse de la fête, aussi ternes que leurs habits : des taches grises et du marron délavé. Suis-je aussi éteinte qu'eux ? Le seul visage que j'espérais vient de m'adresser un sourire. Martin m'extrait de ma paralysie en me serrant dans ses bras. Il est professeur de français et c'est le seul ami que j'ai au lycée.

Nous avons trouvé une place au dernier rang de la salle de réunion. Le proviseur commence son laïus :

– Je vous remercie pour le travail accompli l'an dernier : 89,9 % au bac, c'est une belle performance. Cela a permis à notre lycée d'être bien classé et de passer devant André-Malraux. Vous savez que je tiens beaucoup à notre réputation…

Je fais mine de lever le petit doigt pour demander la parole. Ça fait sourire Martin.

– Mais je suis certain qu'on peut espérer une meilleure réussite. Cette année je veux voir des 20 sur 20.

Et je sais que vous ferez en sorte que tous les élèves aient la moyenne.

Petits rires étouffés et frémissements traversent l'assemblée. Martin s'obscurcit, il baisse la tête. Je lui donne un coup de coude, et je lui souffle à l'oreille d'une voix rauque :

– Si je puis me permettre d'affirmer mon propre credo... Je crois aux moyennes toutes-puissantes, comme cette élève de S accomplissant le miracle d'être bachelière avec 20,3 sur 20. Je crois même que cette année il y aura plus de bacheliers que d'inscrits.

J'adore imiter le proviseur, ça amuse Martin aussi. C'est ma stratégie pour désamorcer la souffrance. Quand je suis avec lui, je me sens un peu plus forte. Parfois même vaillante. Mais aujourd'hui, mon corps ne m'aide pas. Je me faufile vers la sortie, un mouchoir pressé sur la bouche. Des haut-le-cœur me soulèvent l'estomac. Direction les toilettes. Vomir, chier, lire Apollinaire : tout plutôt qu'écouter le discours en langue de bois de l'Éducation nationale. Je dois me calmer. Je pense au moment où je me sentirai mieux. Dans quelques heures, je serai chez moi avec mes nouvelles bougies parfumées, la guêpière posée sur le lit, les bas rangés dans le tiroir de la commode, les escarpins sur la table de chevet. Ça me rassure de penser au moment où, vêtue de dentelle noire et perchée sur de hauts talons, j'avalerai un Xanax, ou deux. Une journée de plus oubliée dans la lingerie et la benzodiazépine.

Pour l'instant, il n'y a que ma fatigue. Je n'ai dormi que quelques heures. L'angoisse de la rentrée, prolongée par un rêve, a été plus forte que le Xanax. Une danseuse nue se déhanchait sur scène et moi, seule femme dans un public d'hommes, je buvais du champagne et la regardais danser. Pendant le sommeil, un orgasme s'est glissé entre mes jambes. Le plaisir m'a réveillée avec l'envie de faire pipi.

Je sors des toilettes.

Je ne sais plus où je suis.

3

Je me suis évanouie au beau milieu des collègues qui s'installaient pour l'assemblée générale. Je suis tombée raide, j'ai renversé deux ou trois chaises. Un vacarme épouvantable. Spectaculaire, à ce que m'a dit Martin. Moi, l'héroïne de la prérentrée : 8-5 de tension. Évanouissement. Samu. Arrêt maladie.

Le corps tombe, mais refuse de céder. Je suis professeur de philosophie, je fais de la résistance. C'est à ça que sert la philo : s'opposer à ce que l'existence soit une fatigue sans raison. Je sais de quoi je parle, j'en bouffe depuis des lustres. Ça a commencé chez la voisine, prof de fac en mal d'enfant. Trois fois par semaine, vers dix-sept heures, je goûtais à la philosophie avec elle. À huit ans, l'existence et la métaphysique avaient le goût du chocolat chaud et des Petit Beurre.

Mon médecin n'a pas hésité à me prescrire un arrêt maladie, m'a dit d'arrêter les bêtabloquants et toutes les choses tristes.

– Primo, les bêtabloquants sont ma thérapie de fond

contre les migraines ; secundo, presque toute ma vie est triste.

– Il faudrait peut-être se décider à voir quelqu'un…

– Quelqu'un ? Pour si peu ?

Je n'étais même pas au bout de ma réplique que mes yeux ont commencé à vomir de grosses larmes. Impossible de m'arrêter. Je suis restée dans son cabinet pendant une bonne heure.

Pour si peu ? Quelle cruche je fais ! Tout ce « peu » qui est ma vie est en train de se casser la gueule. Qu'ai-je fait pour me retrouver dans le désarroi d'un manque de reconnaissance, d'argent, de joie ? Énorme, monstrueuse bêtise d'avoir voulu être prof. Séduite par la publicité des valeurs, je me suis fait baiser par l'illusion d'accomplir une noble mission, celle d'éduquer, un si beau métier. Et les vacances. Des vacances que je passe souvent à travailler, et pendant lesquelles je ne pars jamais bien loin.

Voilà, je tombe toujours dans le même piège. Me poser des questions qui appellent d'autres questions, et qui aboutissent à une réponse articulée, ni oui ni non. En philosophie, ça s'appelle une problématique. Mais pas de dissertation aujourd'hui, puisque les prochaines journées étalent sous mes yeux leur cortège de promesses : nuits sans insomnie, réveils sans larmes, repas digérés. Le bonheur, aussi simple qu'un corps bien portant.

Le médecin a été compréhensif. J'ai devant moi six jours d'arrêt maladie.

4

Il s'était mis à pleuvoir et je n'avais pas de parapluie.
C'est pour ça que je suis entrée. J'ai traversé le rideau de
lumière, marché sur le tapis rouge, et j'ai payé cent
vingt-cinq euros, bouteille de champagne comprise.
Tant pis pour le découvert et la gueule de bois. C'était il
y a neuf mois, dernier jour de vacances après les fêtes de
fin d'année. À minuit moins dix, installée dans un fauteuil au 12, avenue George-V, j'ai coulé dans un rêve.
Sur scène, la danseuse était nue, elle roulait des hanches.
Légèrement plus cambrée que les autres, la tête relevée,
elle a lancé un clin d'œil malicieux à un homme dans la
salle. Sur ses lèvres, du rouge sang. Entre ses fesses, un
fil de perles.

Cette nuit-là, le réel a cessé d'exister. Moi, je me suis
sentie vivre. Désormais, quand je ne m'assomme pas à
coups de Xanax, je sors très tard au lieu d'aller dormir.
Je marche dans Paris sans autre but que celui de me
perdre. Pas de montre, ni de portable. La seule destination qui m'importe est le lieu souterrain de mon absence.

J'erre, au hasard des rues. Le lendemain, ivre de fatigue, j'ai un peu moins mal. Je ne pense qu'à dormir. Il faut des besoins impérieux pour faire taire le chagrin.

Hier soir, j'ai une nouvelle fois dépensé cent vingt-cinq euros, bu une autre bouteille de champagne, regardé le même spectacle. Le désir de voir la danseuse est revenu comme un besoin que la nuit décuple en rêve. Elle est toujours là, sur scène, dans la toute-puissance de sa nudité. Je l'envie terriblement. Pas seulement pour son corps, même si je veux savoir ce que ça fait d'avoir un corps parfait. Je l'envie parce qu'elle est nue. Parfaitement nue. J'ose des comparaisons, pour m'amuser : sans avoir son sourire, j'ai le bon rouge à lèvres, ce rouge qui fait que t'es une femme. Rouge Dior n° 999. Je l'ai acheté, quand bien même je ne le mettrai pas. Le plaisir de l'avoir égale en intensité le scrupule suscité par le rouge intense. Une prof n'achète pas de maquillage Christian Dior. Le produit est trop cher, le rouge trop rouge. Pour m'autoriser à le porter, je me suis inscrite à un cours d'essai dans une école d'effeuillage que j'ai trouvée par hasard. De ce hasard qui n'existe pas. On peut avoir bac + 5 en philo, les stigmates de l'obésité, et rêver d'être une danseuse nue. Il faut bien s'accrocher à quelque chose, et quoi de mieux que de s'accrocher à soi-même ? Le corps, ça pèse plus qu'un concept. Le cours de danse est exactement comme je l'avais imaginé : passionnant, mais ça n'encourage pas à continuer. C'est dur d'aimer son corps. J'ai pris un abonnement pour l'année.

Au début, j'ignorais l'immense miroir de la salle. Pourtant, être là, face à une glace dans laquelle je n'avais pas le courage de me regarder, c'était une nécessité. J'ai commencé par scruter des parties isolées de mon corps. Tout d'abord, les chevilles. Ensuite, les yeux – le regard c'est le plus important. En dernier, mon décolleté. Une grosse partie de mes maigres économies s'est envolée dans des séances de Cellu M6, et ma honte a commencé à disparaître en même temps que la cellulite. Un jour, j'ai franchement tourné la tête vers le miroir. J'ai vu un pied chaussé d'un escarpin rouge dessiner un rond de jambe et se poser élégamment sur la chaise, un buste se pencher vers la cuisse gainée d'un bas résille noir pendant qu'une main la caressait avec une grâce encore hésitante. Le pied, le buste, la cuisse, c'était moi. J'ai quitté la salle. Dans les vestiaires, tout mon corps tremblait. Je l'ai laissé faire. Des larmes ont dessiné de petits cernes noirs sous mes yeux à peine maquillés.

Toutes les semaines, j'attends vendredi, dix-huit heures trente. Une heure et demie où je me sens vivante. Un élève a craché sur la poignée de la porte que je suis la première à ouvrir ? Je m'accroche au boa, les plumes seront mes ailes. La plus jeune de la classe m'a traitée de sale pute ? J'ai appris à faire tourner les nippies collés à mes tétons. Le proviseur se refuse à réunir le conseil de discipline ? J'achète de nouveaux bas que je porterai chez moi, dans ma cuisine, dans mon lit.

La semaine dernière, j'ai été admise au niveau intermédiaire de l'école de danse. On y apprend à danser sur des talons aiguilles de douze centimètres. Au moment où je notais l'adresse d'un magasin d'escarpins à hauts talons sur le panneau d'affichage de l'école, mon regard a glissé sur une brune incandescente qui me fixait de ses yeux verts pendant que, d'une main, elle baissait la bretelle de son soutien-gorge à balconnet. Sa bouche rouge écarlate m'a soufflé à l'oreille : « Vous souhaitez rejoindre les danseuses du Dreams, haut lieu parisien du striptease à la française ? Si vous êtes débutante, une formation de qualité vous sera offerte. Audition tous les samedis (sur rendez-vous). Pour tout renseignement et rendez-vous, merci de contacter Andrea au 06 12 18 76 95. Merci de bien vouloir vous présenter au casting avec une paire de chaussures à talons, de la lingerie, une robe. »

Avec l'adresse du magasin de chaussures, j'ai glissé le numéro d'Andrea dans mon sac.

5

– Madame, la philosophie, ça ne sert à rien.

Je pose mes livres sur le bureau de la salle de cours lorsque la voix d'Hadrien s'élève du dernier rang à gauche. Je déboutonne le poignet droit de ma chemise avant de saisir mon stylo. Le cahier de textes est vide. Je lève la tête vers les trente-trois élèves de terminale L.

– En quelle année nous sommes ?

Je sais que septembre est passé et que cela fait seulement trois semaines que j'ai repris les cours au lycée, mais il m'arrive déjà de ne plus me rappeler quel jour ou quelle année nous sommes. Quelque chose d'opaque voile ma perception du temps, une épaisse feuille de papier bulle s'est insinuée entre moi et le monde.

– Nous sommes en 2005, madame...

Le visage d'Hadrien affiche un sourire moqueur. C'est l'élève le plus vif et le plus inconstant que j'aie jamais connu. Un jeune homme de dix-sept ans qui stagne dans cette phase de l'existence que Kierkegaard nommait « stade esthétique : forme de vie de celui qui ne vit que dans l'instant et qui est, par conséquent, condamné au désespoir». Hadrien peut restituer de mémoire des passages de *Par-delà le bien et le mal* de Nietzsche comme un acteur devant son public, ou combattre le lourd ennui des heures de cours en s'exerçant à contrôler la sonorité des rots qu'il lance en direction de la fenêtre. L'exubérance lui colle à la peau. L'épuisement aussi.

Depuis qu'il est mon élève, j'aime le regarder. Il est devenu ma distraction au lycée. Je l'imagine perdre sa jeunesse dans la bière, la retrouver sur le terrain de foot, lancé vers le but dans une course effrénée. Un bon milieu offensif, selon le collègue d'éducation physique. La classe obéit à son charisme, mais Hadrien n'est pas un chef. Juste un garçon doué pour bien faire et pour mal faire. Souvent, je l'observe frémissant sur sa chaise, le regard absent tourné vers le cahier aux pages arrachées, le stylo mâché comme un chewing-gum.

– La philosophie ne sert à rien, madame.

– C'est bien Hadrien, tu as révisé ton cours. J'en suis honorée, et ce n'est pas de l'ironie.

Les élèves, d'abord surpris, s'animent bruyamment, me lançant des questions comme des pierres, sur l'utilité de tout, du bac, des conseils de classe, de la nicotine et de la souffrance. Renonçant à discipliner leur lancer de questions, j'inscris la date sur le cahier de textes. Mon regard se dirige vers la porte. Et si je m'en allais ? Les élèves ne me regardent même pas, trop occupés par leur envie de ne rien faire. Je me demande si j'existe.

– La philo, ça prend la tête...

– Ça ne sert à rien, ce truc...

– Madame, madame, j'ai mal dans le bas-ventre, je peux aller à l'infirmerie ?

– Les philosophes, c'est des oufs...

– Et moi, je peux aller aux toilettes, m'dame, j'ai envie de pisser !

– Ce n'est pas avec de la philo qu'on va gagner notre vie...

Je me mets à crier.

Crier plus fort qu'eux, est-ce possible ?

Il est dix heures du matin et je suis déjà exténuée. Mes yeux piquent, je crois bien que ça annonce des larmes.

– Arrêtez, bande de cons, vous la faites chier !

La voix d'Hadrien rétablit le silence. Une vague de petits rires excités traverse la classe. J'aurai leur attention pendant au moins quinze minutes. Il faut sauter sur l'occasion, ravaler mes larmes et leur parler de Diogène, ce fou qui vivait nu dans son tonneau et se baladait en aboyant comme un chien, qui urinait et se masturbait publiquement. Le corps, ça leur parle, surtout dévêtu. J'en profite pour introduire le discours sur la recherche de la vertu. Le concret, c'est toujours une bonne entrée en matière, c'est leur philosophie à eux. Ils ne se trompent pas, au fond.

Une demi-heure plus tard, délivrée par la sonnerie, je tarde à quitter la salle de cours. Quelque chose de doux s'insinue dans mes pensées désordonnées. Je sors de ma mallette le cadeau que j'ai trouvé ce matin dans mon casier.

– Madame la philosophe, ça va ?

Le sourire de Martin se détache de l'encadrement de la porte et me ramène là où je suis.

– Oui, et dans quelques heures ça ira nettement mieux...

– Un café ?

– Sans sucre, merci. Merci deux fois, d'ailleurs. Tu n'as pas oublié. J'ai eu le plaisir de le trouver dans mon casier. Ça change du courrier administratif.

– Comme un parfum parmi les secs effluves du devoir ? Ça va te plaire, j'en suis sûr.

Nous marchons vers la cafétéria. Martin m'a offert *Rimbaud le fils*, de Pierre Michon. Nous entretenons notre mariage littéraire avec le dévouement d'un jeune couple. Tous les mois, nous nous faisons cadeau d'un roman, ou d'un recueil de poèmes.

Je l'avais remarqué dès son arrivée au lycée, il y a déjà deux ans, il se tenait à l'écart, comme moi, concentré sur un texte ou occupé par des copies. Certains collègues le prenaient pour quelqu'un de méprisant, encore un intellectuel soucieux de protéger sa tour d'ivoire faite de culture et de suffisance. Un jour, j'étais tombée sur une feuille oubliée près de la photocopieuse. « Je suis le Ténébreux, – le Veuf, – l'Inconsolé, / Le Prince d'Aquitaine à la Tour abolie... » Martin avait débarqué dans la salle

24

d'informatique, vide à dix-sept heures, pour récupérer la feuille qu'il avait oubliée et que je tenais entre les mains.

– Gérard de Nerval, « El Desdichado ». « Mon front est rouge encor du baiser de la reine... » Ce poème est magnifique.

– Heureux que ça vous plaise. Nerval, c'est un de mes préférés...

Nous arrivons en salle des profs, les cafés trop chauds brûlent nos doigts. La voix de Mme Louis s'élève depuis la grande table à côté de la fenêtre entrouverte.

– ... oui, mais il vaut mieux préchauffer le four à cent quatre-vingts degrés, et pour les ingrédients il faut deux cent cinquante grammes de sucre en poudre, sept cents de farine, quatre œufs... Bonjour Joséphine ! Martin ! Vous voulez une boule de coco ?

– On fête les prochaines vacances, c'est ça ? – Martin abat la carte de l'ironie.

– Oh, c'est drôle ! C'est mon anniversaire... je fais toujours des boules de coco pour mon anniversaire. Tu ne t'en souviens pas ? L'année dernière...

– Et l'année d'avant. – Hurley, le prof d'anglais, nous tend deux assiettes en plastique.

– Je ne m'en souviens pas. Je n'avais peut-être pas cours ce jour-là...

Je salue la stagiaire de français, et la prof de vente qui peine à répondre, la bouche pleine. J'essaie un sourire pour le professeur de SVT, pendant que Mme Louis se laisse tomber sur sa chaise. D'un geste las, elle saisit une autre boule de coco dans le saladier posé sur la table et bientôt vide. Elle sourit, mâche en même temps, soupire, les yeux humides comme revenue d'un effort ou libérée de flatulences. Je crois bien qu'une émotion traverse son corps privé de silhouette, fait vibrer sa forme mouvante et molle. Mme Louis c'est de la gélatine au bord des larmes.

– Vous êtes contente, hein ?

Après lui avoir posé la question rhétorique, Stéphane, le jeune professeur de SVT, nous explique :

– Elle a fait cours aujourd'hui...

– Oui, elle a fait cours dans le silence, précise Hurley.

– Je suis très contente, oui. J'ai eu quinze minutes de pur, religieux silence. Et quand ça se passe comme ça... eh bien, quand ça se passe comme ça, tu sais pourquoi tu es là, avec eux... il faut tenir, croyez-moi, il faut tenir.

– Vous avez raison, madame Louis, notre mission est de sauver des vies...

Martin se tourne vers moi, nous nous défilons à l'écart du petit groupe, mais sans avoir le temps de parler. La sonnerie retentit. J'avale les dernières gouttes de café et j'embrasse Martin sur la joue. J'ai parfois l'impression que nos lèvres s'approchent à notre insu.

6

J'ai failli arriver en retard à mon cours de danse. Après avoir vu un parent d'élève, je me suis ruée dans les bus, train, métro pour arriver à temps, ne pas en perdre une seule seconde. Tous les vendredis soir, c'est le plus beau jour de ma vie. Des vestiaires à la salle, je marche comme une danseuse maniérée, sur la pointe des pieds, sur des talons de douze centimètres. Ça a de la gueule. Ça te dessine des jambes que tu ne pensais pas être les tiennes. Ça te gonfle la poitrine de fierté, et de courage. Bref, ça fait des miracles. Je pars en guerre, avec tout ça, et c'est pour la gagner. Avec le miroir on arrive enfin à se tutoyer. Il n'est pas encore mon meilleur ami, ni mon pote, mais ça commence à être une relation. Le miroir me parle de moi, et il se met à en penser du bien. Un jour, il m'adorera. Ensemble, nous serons heureux. Pour les autres filles du cours, je crois bien que c'est la même bagarre. Avant de pouvoir me regarder dans la glace, ce sont elles, toutes les autres, que j'ai regardées de la tête aux pieds. J'ai appris leurs corps comme on apprend un poème. Par cœur.

Fanny a la cuisse imposante, la cheville gonflée de la préménopause. Ses jambes, on dirait des poteaux. C'est elle qui me l'a dit : « J'ai des poteaux à la place des jambes. » Pendant des mois, elle a porté un collant sous les bas. Fanny est rigolote. « On ne naît pas toutes avec des jambes fines et une taille 36, dit-elle, pas la peine d'en faire un drame. » Elle sourit au miroir quand on danse, à la prof quand elle explique, à moi souvent. La dernière fois, sans collant, Fanny s'est regardée d'un œil clinique dans le miroir et a murmuré (mais nous l'avons toutes entendue) « Tu es mon corps, je n'en ai pas d'autre. Nous allons mieux nous entendre ».

Jessica est parfaite. Vingt-deux ans, grande, mince, quelques courbes bien placées. Fesses sublimes, bras de danseuse, pommettes hautes sur joues rondes d'ado. Elle a de petits seins, porte des soutiens-gorge rembourrés et a du mal avec les nippies. « Avec un 85 A, je n'irai jamais loin dans la vie », pense-t-elle.

Aude, la quarantaine, a le visage des madones de Raphaël et le corps dodu d'un bébé, une peau de porcelaine. Elle se déplace en apesanteur, on dirait un nuage. Une seule fois elle a usé de mots qui ont brisé le silence entre deux morceaux de musique : « Parfois, j'ai vraiment envie de tuer mes enfants. » Elle l'a sorti comme ça, sans prévenir. Un crachat. Nous avions la grimace idiote de celles qui font mine de ne pas avoir entendu.

Il y a aussi Lucille, le ventre flasque après une grossesse difficile. Elle ne se sépare jamais de sa gaine amincissante, pressée de retrouver son corps d'avant l'accouchement. Et toute sa libido.

C'est en regardant leurs imperfections que j'ai eu le courage de considérer les miennes. Le corps, c'est notre histoire, il faut écouter nos mollets tendus sur les talons nous offrant le petit vertige, la peau transfigurée dans l'instant d'oubli qui nous prend, toutes, comme une ivresse : « Demain, je change de vie. » Nous dansons à perdre haleine, c'est comme une course, une danse de femmes en retard sur leur corps. Et ce bas que je fais glisser, ô merveille, c'est moi, et c'est aussi Fanny, c'est Jessica, Aude et Lucille.

De retour chez moi, je pose mes escarpins sur la table de chevet, je les contemple en sirotant une bière. Leur talon me fascine, raide comme un point d'exclamation, un ordre et en même temps une promesse. Buvant ma bière au goulot devant les chaussures que je regarde comme on regarde un film, je me sens un peu homme, très femme. Tout simplement vivante. Ce doit être l'effet des endorphines. Mais peu importe la cause organique. Après le cours je ralentis mes gestes et pensées. Je m'installe dans une lenteur où quelque chose en moi s'active. Je me déshabille complètement, je m'allonge sur le parquet, les yeux fermés. Mon corps, c'est chez moi. Je me revois, pendant le cours, je ne suis pas si mal, peut-être.

Il est vingt et une heures. Je prends mon téléphone.
Si ça ne répond pas, je ne laisserai pas de message.
J'enroule le bout de papier avec le numéro d'Andrea
autour de mon index. Comme une mèche de cheveux.

7

La boulette de papier rebondit sur le vert-jaune du mur, et vient s'écraser dans mon œil gauche. Je me laisse glisser sur une chaise, le visage entre mes mains. Pour me percuter si violemment, elle a dû être lancée avec un stylo en guise de sarbacane. La masse compacte de mes trente-trois élèves arrête de se tordre de rire et d'impatience. La boulette de papier, ça ne les amuse plus. Silence. Ils sont amassés, collés les uns aux autres, parfois trois ou quatre autour d'une table, dans la salle de projection conçue pour une vingtaine d'élèves. Je crois que Lény profite de cette proximité pour peloter Wallen. Elle rigole, pas l'air gêné, la petite. Quatre élèves sont installés à mon bureau, d'autres assis par terre, dos au radiateur. Pendant que je préparais le DVD, je l'ai sentie, derrière moi, la vague qui se gonflait, la marée montante, menace de leur imminente extase.

– Que celui, ou celle, qui a tiré se dénonce – je parle les yeux fermés –, si personne ne s'exprime, toute la classe aura un blâme.

Silence.

– Hadrien, s'il te plaît, va appeler le surveillant...

C'est la première fois que je demandais de changer de salle, je voulais leur proposer un cours un peu différent. Et ce n'est pas sans soucis. L'opérateur du 337 a grogné en recevant ma demande cinq jours avant la date du cours. J'ai dû m'excuser, le flatter pour qu'il accepte de faire le boulot. La démarche habituelle veut qu'on réserve les postes de télévision, les vidéoprojecteurs et les salles d'informatique en appelant le 337 une semaine, voire dix jours à l'avance. Le service est souvent débordé, ça sonne occupé en permanence et il n'y a même pas de petite musique pour meubler l'attente. Un vide sidéral s'installe dans l'oreille tendue qui se croit sourde, pas d'interlocuteur au bout du fil. Une fois la réservation confirmée, il faut remplir le formulaire jaune disponible au bureau de la Vie scolaire. Les présentoirs n'en sont que rarement pourvus. Les profs se les accaparent dès que la CPE les sort. J'ai rédigé ma demande sur papier libre. On m'en a fait la remontrance. J'ai néanmoins développé l'intérêt pédagogique du film dans la séquence en cours pour que le dossier soit « complet ». Le cours sur la liberté devait se poursuivre par l'étude de quelques scènes de *Matrix*.

Pilule bleue ou pilule rouge ? Cette scène nous donne l'occasion d'approfondir la question du choix qui est directement liée à la question de la liberté. Pas de choix sans liberté. J'avais préparé mon cours, fière de leur proposer quelque chose que je croyais stimulant. Il n'y aura pas de prochaine fois, c'est sûr. Plus de cinéma. De la philo sans images, et advienne que pourra.

Je laisse la classe sous le regard sévère du surveillant. Je leur impose un devoir. « Composez une réflexion d'au moins une page, format A4, sur le sujet : la boulette de papier, de quoi est-elle le nom ? »

À l'infirmerie, on applique des compresses de glace et d'eau chaude sur mon œil meurtri. J'annule les cours de la journée. Un œil en moins, ça me fait des vacances. Je chiale discrètement. Mon cœur, mes jambes sont brisés. J'ai envie de m'envoyer toute une boîte de Xanax, ainsi qu'une bouteille de champagne. Le chagrin est une tare, ça fait de nous des êtres dissolus. Je remercie l'infirmière et je file dans le bureau du proviseur. Avec mon cache-œil je me sens d'humeur guerrière. Prévenu par la Vie scolaire, il attend mon arrivée pour un entretien que j'ai sollicité d'urgence.

– Vous êtes au courant de l'incident qui s'est produit pendant mon cours avec la terminale L… je souhaite établir un rapport. J'estime qu'il est de mon devoir de ne pas laisser passer, puisque…

– Je vois, je trouve cela très embêtant. Le fait est que, vous voyez, de tels incidents ne se sont jamais produits auparavant, que je sache…

– De tels incidents se produisent régulièrement, monsieur le proviseur. Ce n'est pas parce qu'on ne les

ON NE TOUCHE PAS

signale que trop rarement, et qu'on s'en sort avec quelques compresses et du repos, que l'acte qui a causé l'incident n'est pas répréhensible. Ne pas punir, ne pas signaler, c'est autoriser la surenchère. La prochaine fois, quelqu'un y perdra un œil, ou, qui sait, un bras...

– Je crois que vous exagérez, si vous me permettez... Nous n'avons pas de problèmes avec les élèves de terminale L, c'est moi qui vais avoir les parents sur le dos si vous décidez de porter plainte... et, me semble-t-il, nous ne savons pas s'il y a un responsable. Qui nous garantit que l'incident s'est déroulé de la manière que vous avez décrite ? Il faut des témoins...

– J'ai trente-trois témoins, monsieur, plus un responsable !

– Trente-trois témoins qui ne témoigneront jamais... Et vous le savez ! Vous n'étiez pas autorisée à faire cours dans cette salle. Vous avez mis vos élèves dans une situation d'insécurité, et ça, c'est grave... Je comprends, ne vous méprenez pas. Mais que puis-je faire ? Rentrez chez vous, prenez un ou deux jours pour vous reposer, ça ira mieux. Il faut reconsidérer l'événement à tête reposée. Ah, et, si je peux me permettre, il faudrait peut-être aussi que vous changiez d'attitude avec vos élèves. J'apprécie beaucoup votre travail, j'ai pourtant eu vent de vos exigences, votre sévérité... vous savez bien qu'il ne faut pas les traumatiser, soyez plus indulgente, intéressez-les davantage par des activités proches de leurs vies... la philosophie est une discipline difficile, il faut peut-être adapter le discours, simplifiez... voilà, simplifiez. Le concept est rébarbatif !

Je prends congé pour éviter d'éclater en sanglots. Je retourne dans ma tête les mots que je voulais dire et que je n'ai pas osé prononcer : « Monsieur le proviseur, la philosophie n'est pas une "activité"... L'indulgence est criminelle... Cela fait deux ans que je vous demande le dédoublement de mes classes... Vous recevrez mon rapport sur les événements de ce jour. » Des mots qui ne sont pas sortis de ma bouche trop sèche. Qu'il est amer le goût de mon impuissance. J'ai même oublié de ramasser la boulette de papier incriminée. J'affabule peut-être. Mon œil a dû se blesser tout seul. En réalité, je ne mesure pas ma chance. Je travaille dans un établissement où le privilège est de ne pas être la cible de lancers de ciseaux et de chaises pendant les cours. Un bonheur, quand on enseigne à Drancy, banlieue parisienne pas très huppée.

8

– Venez maquillée et coiffée. Vous n'aurez pas le temps de vous préparer sur place.

J'ai répondu par monosyllabes, oui-non-oui, au revoir. Essoufflée, le cœur qui s'étrangle, comme en début d'année devant les sourires narquois des élèves, le temps de m'y faire. J'ai acheté une robe noire, longue, complètement transparente. Fanny m'avait donné l'adresse d'un magasin à Pigalle. Ce n'est pas cher, et ça vous transforme. Je me demande si c'est encore mon corps celui que je vois dans le miroir. La robe est facile à enlever, j'ai suivi le conseil de la femme au téléphone. Une robe comme une chemise, mais sans boutons. Andrea a un accent anglo-saxon. Quand elle parle, elle sourit. Ça se sent.

C'est pour aujourd'hui, samedi, à dix-huit heures trente. Je ne l'ai dit à personne. Je ne vois d'ailleurs pas ce que je pourrais dire sinon que j'ai toujours rêvé de passer un casting. Un casting de n'importe quoi. Parce que dans ce mot il y a tout d'un monde que j'aimerais habiter. Art, liberté, beauté, spectacle. Ça ne marche pas pareil avec le mot « concours ». Aux oraux de l'agrégation, c'était la saignée. Moi, un animal à égorger. Par le bas. Mon utérus a craché du sang pendant dix jours. On a cru à une hémorragie interne.

Je m'entraîne tous les jours devant la glace. L'entraînement, c'est de me regarder sans éprouver la petite déception qui fait plonger, tête baissée, dans le pot de Nutella. Il y a une heure encore, j'étais tentée de l'annuler, ce rendez-vous. Pourtant, je suis là, devant Andrea qui est blonde, très blonde. Elle m'accueille d'un sourire qui suscite le mien, fait un pas de côté et disparaît par la porte qui s'ouvre sur un décor pourpre. Accrochée au mur capitonné, une brune au regard flottant m'offre ses fesses. Andrea glisse devant moi, ouvre une autre porte. Des fauteuils à roulettes et de petites tables épaisses sont disposés autour d'un podium en plexiglas où s'élève une barre.

– C'est par là – Andrea m'indique des marches derrière moi –, vous pouvez vous changer dans les loges, au sous-sol. Vous danserez sur le podium d'en bas. Vous avez un morceau de musique préféré ?

Je n'en sais rien. Je fais semblant de chercher un titre, un chanteur.

– Je sais danser sur tout, je vous laisse le choix de la musique…

Dans les loges, les rampes lumineuses encadrent le miroir qui me dévisage, révélant mes cernes et ma stupéfaction. C'est comme dans les films, tous ces films où l'on voit les artistes se maquiller, se démaquiller devant la glace entourée d'ampoules illuminées, avec ou sans les fleurs de leur gloire. Je sors l'anticerne de ma modeste trousse. J'en mets un peu plus du côté gauche, l'œil meurtri par mes élèves. Sur la table à maquillage, pinceaux, éponges imbibées de fond de teint, minuscules strings fluo – je n'en ai jamais vu de si petits –, boîte de pansements, bracelet de strass, mèches de cheveux noirs, et un talon aiguille détaché de sa chaussure. Malgré le silence et le vide autour de moi, les loges me semblent pleines de vie. Je mets du rouge à lèvres. Dans le miroir, au-dessus de ma tête, des rangées de chaussures à plateforme pour pole dance. Je me retourne. Sur les casiers bleus, les talons transparents, noirs, rouges, multicolores se dressent les uns à côté des autres comme des flèches enfoncées dans la peau d'un martyr. C'est le client qui va être martyrisé. Plus bas, collés sur les casiers, des noms. Crystal, Electra, Divine, Sharon, Sofia. Des photos de femmes nues, des *No money, no honey*. J'enfile ma nouvelle robe sans me regarder. Je sens que je vais trop loin. Pour le moment, je préfère ignorer mon corps, certainement obscène. Je boude tous les miroirs qui s'érigent impérieusement sur mon passage. Miroir pour se maquiller, grand miroir mural, petits miroirs ronds, miroir de toilette. Je n'ai pas besoin d'eux pour me sentir exister. Sur la scène de mon délire, je serai je ne sais pas qui. Celle de mon rêve, peut-être.

Celle qui n'est pas moi, sans doute. Une femme qui n'est pas triste, qui n'a pas honte.

Je claque la porte, parcours le couloir, cesse de respirer. Tête baissée, je ne sais pas où je vais, mais mes pieds sont beaux dans les nouveaux escarpins. J'avance sur la moquette léopard dans la pénombre à peine dissipée par des chutes de lumière. Je lève la tête, Andrea sourit d'un sourire qui donne confiance. Musique. Barre. Pirouette. Cheveux lâchés sur des épaules qui bougent. Regarde, regarde-les, mes seins. Ils sont beaux, tu ne trouves pas ?

Puis, fini la musique – quelle musique déjà ? Sur quelle musique ai-je dansé ? Silence. Je ramasse ma robe. Je l'ai fait. Quelques minutes seulement, et c'est déjà quelque chose d'important. Un de ces événements auxquels on pense quand on cherche à être heureux sans raison. Le bonheur sans cause, une perfection.

– Vous avez beaucoup de grâce. Je vous félicite, vos seins sont magnifiques. Vous pourrez avoir beaucoup de succès, et pas mal d'argent avec ça. Pour moi, c'est ok. Vous pouvez commencer quand vous voulez. Ce soir, c'est possible ? Je n'ai pas beaucoup de filles le samedi soir, et il y a toujours beaucoup de monde.

Commencer ? Moi ? Ce soir ? Suis-je venue ici pour « commencer » ? Je l'ai fait pour le faire, pour me dire « Ça y est, je l'ai fait ! ». Être, pendant trois minutes, la danseuse nue sur scène, c'est ça que je voulais.

– Je veux commencer le plus tôt possible – ça me

sort de la bouche comme un cri de joie – mais ce soir, ce soir je ne peux pas.

C'est un mensonge. En réalité, j'ai peur.

– Ce n'est pas grave. Vous me donnerez vos disponibilités.

Elle m'explique le règlement tout en me faisant visiter les lieux. Je la suis, obéissante.

– Quand un client vous demande une danse privée, vous devez le conduire dans un salon. Depuis la salle, on ne voit rien de ce qui se passe dans le privé, mais il y a des caméras. Vous êtes toujours filmée et surveillée depuis le bureau du responsable. Ça nous aide à vous protéger, ça sert aussi à calmer les filles...

– Calmer les filles ?

– Vous savez, on a plus de problèmes avec les filles qu'avec les clients. Souvent c'est les filles qui osent le plus, pour exciter leurs clients et en tirer plus d'argent. Pour une danse à la table vous gardez le string, ça doit durer le temps d'une musique, pas plus. Si le client vous demande de continuer, il doit acheter un autre ticket. Les danses se paient en tickets. En salon privé, lorsque vous êtes toute nue, vos pieds doivent rester au sol. Ne vous laissez pas toucher. Votre travail c'est de vendre le spectacle de votre corps. C'est tout ce qu'on vous demande. Si le client vous touche, vous arrêtez.

– Il faut se faire payer avant, alors ?

– Oui, en sachant que vous n'êtes pas obligée d'accepter tous les clients, vous êtes libre. Le client doit acheter des tickets à la caisse pour avoir des danses, puis il doit vous les donner. Les tickets c'est votre salaire, vous devez les remettre à la direction en fin de soirée. Généralement c'est moi qui note le nombre de tickets. Vous pouvez accepter du cash, mais sans abuser. Les pourboires aussi sont tolérés. Pour les tenues vous avez totalement carte blanche. De toute façon, je vous présenterai Coquelicot. Elle connaît bien le métier. Je lui demanderai de vous accompagner pendant votre première nuit et de vous aider pour vos premières danses avec les clients. Je vous conseille de mettre les échasses comme les autres. Les escarpins c'est très joli, mais vous ne tiendrez pas la nuit. Ah, j'oubliais... Vous avez déjà réfléchi à votre nom de scène ?

– Un nom de scène ? Non... pas du tout.

– Tenez. C'est une liste de pseudos qui ne sont pas pris dans le club.

– En fait, non, ce n'est pas la peine. Je sais ! Je m'appellerai Rose Lee, comme Gypsy Rose Lee ! C'est pour elle qu'on a inventé le mot « striptease » dans les années quarante. Une figure mythique de l'effeuillage burlesque, vous connaissez ?

– Non, mais je vois que vous ne manquez pas d'ambition.

Rose Lee. C'est peut-être elle que je regarde dans la glace des loges. Je porte la robe noire, celle de la stripteaseuse. Sur moi, une nouvelle peau, incomparablement plus douce que l'ancienne. Et si je le faisais vraiment ? Juste une nuit, pour voir ? Une nuit, être l'autre femme. Le rouge à lèvres me va bien, on dirait presque que je suis jolie. D'un dernier coup d'œil, je m'assure que le mascara n'a pas coulé, que Rose Lee est bandante et que c'est bien moi. De fines gouttes de transpiration couvrent mon décolleté d'une couche de lumière supplémentaire. Sans doute l'excitation de pressentir un corps qui m'a manqué. Je ne sais pas quelle est exactement mon émotion. Comme toutes les fois que le cœur s'emballe, sans qu'on sache si c'est de crainte ou de désir.

9

Mais qu'importe le sens ? N'est-il pas mieux de vivre en sachant que rien ne compte vraiment, que Dieu est mort, que l'amour n'est qu'une illusion de plus sur une liste déjà bien longue ?

Je me suis réveillée avec ça, la tentation du néant. Dans mon café j'ai mis double dose de sucre. J'ai la trouille, c'est ça qui est amer. Après le casting, le contrecoup de la montée en puissance et c'est le réel qui cogne. Je ne connais rien, absolument rien, au monde de la nuit, aux hommes, aux femmes, à moi-même et à ce stupide fantasme de danser nue. Qu'est-ce-que-je-vais-foutre-dans-cette-boîte-de-nuit-huppée-près-des-Champs-Élysées-samedi-prochain ? Andrea a écrit mon nom sur l'emploi du temps des filles. Enfin, elle a écrit Rose Lee W. Le W, ça m'a fait penser à deux ailes. J'ai compris après que ça veut dire *work*.

Je mets ma maxi-culotte en coton pour aller au lycée. Ça me rassure, c'est une sorte de pantoufle morale. Le confort, c'est important pour se sentir d'attaque, une création que l'on doit à un esprit réaliste. Mais chez moi, le réalisme ne tient que quelques poignées d'heures. Avant le coucher du soleil, je m'engouffre dans l'idéalisme triomphant : string en dentelle, talons, bas. Rien que pour moi, la petite ivresse pour se donner du courage. Je ne cesse pourtant de cogiter pendant tout le trajet. Suis-je réaliste, idéaliste ou nihiliste ? C'est le sujet de la matinée. Pas la culotte de mémé, non. Le nihilisme. Le Néant fascine les élèves. Pour eux, penser est un effort inutile. Tous ces jeunes esprits qui dorment près du radiateur ou qui gribouillent des obscénités pendant les cours sont en fuite : ils aiment les lieux où il fait ringard de réfléchir. Ils fument, ils boivent, ils ferment les yeux et se sentent vivre quand la musique cogne à leurs tempes. Leur insouciance transpire l'odeur du cannabis et de la bière. Les adolescents ont une perception assez claire du Néant. C'est peut-être pour ça qu'au lycée j'ai besoin de porter la culotte de mémé, pas de vertige inutile face aux esprits vides.

Dans le couloir qui mène à la salle des professeurs, je suis surprise de voir Hadrien adossé au mur, l'air d'attendre quelqu'un. Il ne devrait pas être là.

– Bonjour madame. Vous avez corrigé les dissertations ?

– Pas tout à fait…

– Je sais qui a lancé la boulette. Il ne voulait pas vous blesser, mais…

– L'affaire est close, le proviseur est informé, il prendra des dispositions. Merci Hadrien.

Je baisse le regard pour fuir le sien, embarrassée par la loyauté de son geste et la lâcheté du mien. Je n'ai pas donné suite, découragée par la paperasse, le temps employé à noircir des pages qui n'auraient servi qu'à m'humilier un peu plus. Je suis comme tous les autres, c'est ça qui fait mal, plus qu'une boulette de papier dans l'œil.

Dans la salle des profs, le tas de copies sans corrections repose dans mon casier, j'extrais du lot celle d'Hadrien. Je m'en veux de lui avoir doublement menti. La perspective d'abattre des copies sans idées mêlée à la petite excitation qui m'a envahie après le casting a fini par achever ma bonne volonté.

– Jo ? Ça va ? – Hurley vient d'entrer dans la salle des profs.

– Salut. Je lis des copies…

– Ça va ?

– Mais oui, ça va.

– Sûre ? C'est peut-être moi, mais ici je ne vois que l'uniformité dépressive des profs…

– L'inéluctable uniformité…

– Penser ne sert à rien, Jo. Moi, quand je ne me sens pas bien je souffre d'insomnie, et tu sais quoi ? Je danse dans le noir. Avant, je prends un ou deux verres de whisky…

Il s'en va aussi vite qu'il est arrivé, sans rien ajouter de plus, ni me dire au revoir. « Danser dans le noir », je comprends mieux maintenant. Hurley a toujours l'air d'être en retard et de rater quelque chose. Ça se voit même dans ses tenues vestimentaires : pantalon flottant sans ceinture, chaussures aux lacets défaits, vieux chandail informe. À coup sûr, il porte des chaussettes dépareillées. Finalement, il n'y a pas que les élèves qui croient que penser ne sert à rien. Je me demande ce que je viens faire ici. Je glisse la dissertation d'Hadrien dans mon casier. Dans quelques semaines, on y aura déposé un tas de documents, du courrier administratif, d'autres copies en retard. À la fin de l'année, mon plaisir c'est de tout jeter à la poubelle, même certaines copies que je n'ai pas rendues. Je glisse un poème de Paul Valéry dans le casier de Martin. Je l'ai recopié pour lui sur une feuille de papier vieilli, avec mon stylo à plume. Aujourd'hui, c'est son jour sans cours. Il le trouvera demain matin. Ce sera une surprise. Je m'accroche à ces petites choses qui donnent un peu de saveur au quotidien. Comme le carré de chocolat que je laisse fondre dans ma bouche pour me donner du courage avant les cinq heures de classe qui m'attendent, un trou de deux, les copies à corriger, des photocopies à faire.

J'ai hâte de rentrer et d'enlever cette culotte ridicule.

10

Les petites filles rêvent d'une robe blanche et d'un amour domestiqué, d'une vie de pop star ou de businesswoman.

Moi, je rêvais d'une belle paire de seins.

Je les voulais comme ceux des danseuses nues que j'avais matées à la télé, un soir de réveillon, avant que ma mère ne change de chaîne. J'y pensais tous les jours. Et le soir, avant de m'endormir, je récitais la même prière :

– S'il te plaît, bon Dieu, donne-moi des seins comme ceux des danseuses habillées de strass et de bas résille couleur chair. C'est la seule chose que je te demanderai. Sans ça, je préfère échanger ma vie contre celle d'un arbre. Amen.

Pendant la récré, ça jouait à attrape-bisous, toujours sans moi, blottie contre le marronnier au fond de la cour, loin des mots où je n'étais pas des leurs :

– T'es fille ou garçon ?

Je me posais la même question. Je voulais être comme les autres, toutes ces autres, dont j'entendais le petit cri lorsqu'elles se faisaient pousser vers la grande haie, près du marronnier. Le petit mâle serrait la taille de la petite femelle, soulevait sa jupe. Il cherchait de la main, de ses yeux avides, la culotte blanche de l'enfance. Elle ne faisait plus semblant de lui résister. Moi aussi, j'aurais laissé faire, mais moi, je ne portais pas de culotte. Je l'enlevais quand j'allais faire pipi, le matin, avant le début des cours. Je la rangeais au fond du cartable, feuille blanche parmi d'autres.

Il n'y a jamais eu de garçon dans la cour d'école pour soulever ma jupe. Informe jusqu'à mes vingt-deux ans, mon corps manquait d'un caractère dominant. Cheveux courts, bourrelets jusqu'aux doigts, regard triste d'enfant-soldat. Un jour, j'étais garçon ; un autre jour, j'étais fille. J'endossais l'ambiguïté avec le bleu-rose de mes survêtements trop grands. Au-delà de l'âge de vingt ans, on n'y croit plus. On se dit que le destin est passé par là, et on s'y abandonne.

Mais il y a des fleurs qui poussent hors saison. Les beaux seins aussi. Malgré son apparition tardive, mon 95 D fut la preuve irréfutable que j'étais une fille.

À présent, je plains les maigres avec leurs pauvres œufs au plat dont on n'imagine pas faire un banquet ; les génitrices aux outres vides dans les soutifs rembourrés ; les intellos avec leur culotte Petit Bateau – « Mais ce n'est pas grave, disent-elles, puisque les hommes, ça bande pour ce qu'on a dans la tête ». Et enfin, je plains les femmes refaites, parce que de bons nibards naturels, qu'on se le dise, c'est du rêve à zéro frais. Je vous plains, comme je me plains. Parce que je connais la voix désordonnée mais souveraine des corps en ruine. La voix qu'on fait taire dans les projets de vie respectable, dans le gâteau au chocolat de seize heures, dans les rêves de grossesse parce que les-enfants-ce-n'est-que-du-bonheur, ou dans la sempiternelle litanie il-n'y-a-pas-que-le-physique-qui-compte.

Si, justement, il n'y a que le physique qui compte. Le corps, c'est tout ce qu'on a, et si on le laisse faire il décide de toute une vie. La mienne a commencé à l'instant précis où il m'a semblé n'avoir jamais rien vu de plus beau que la peau tendue de mes seins, le rose des aréoles dressées sous la paume de mes mains.

M'a-t-il donc fallu une trentaine d'années pour naître ? Peut-être bien. Je rêvais d'être la femme excitante qui met la gaule aux hommes et qui les rend fous, celle qui n'a pas honte de montrer son cul et d'écarter ses cuisses. Il paraît qu'il n'est jamais trop tard pour se mettre à nu. Et puis, ce n'est pas beaucoup, trente-cinq ans, tout compte fait.

De retour chez moi, je me regarde dans la glace. Après trente-cinq ans, quatre mois et seize jours, Rose Lee est enfin née. Avec une chevelure qui recouvre ses épaules de boucles noires, la peau hâlée et parfumée, elle se tient nue devant moi. Ses yeux brasillent.

Rose Lee, c'est moi.

11

Samedi soir, vingt-deux heures quinze. Ça fait une demi-heure que je suis planquée à l'angle de la rue, contre la devanture d'une boutique fermée. Deux colosses se tiennent devant la porte d'entrée du Dreams. Leurs visages muets clignotent sous les néons de l'enseigne. Je compte jusqu'à trois, poumons gonflés comme avant l'apnée. C'est maintenant, je plonge. Serré contre moi, le sac avec les chaussures et la robe du casting. Devant les agents de sécurité, je n'ai plus de voix. Le plus épais des deux ouvre la porte et lance un regard à la fille qui vend les billets d'entrée. Elle cesse un instant de se mettre du rouge à lèvres pour lever les yeux sur moi et m'adresser un sourire impersonnel.

J'avance. Je retrouve le décor, sa couleur pourpre, assombrie par l'obscurité. La musique cogne. Dans la salle, des lumières tièdes s'étalent avec paresse autour des podiums illuminés. Une danseuse abandonne sa pose lascive autour de la barre pour s'approcher d'un client qui lui tend un billet. Elle lui offre ses fesses, il met l'argent dans son string. C'est comme dans les films américains.

Je me dirige vers le sous-sol. Les marches se dérobent sous mes pieds. Je n'ai plus de jambes.

Dans les loges, des sacs entrouverts sont amassés sur le sol, des costumes de scène s'échappent des casiers grands ouverts, de la lingerie traîne sur les fauteuils, des strings sont disséminés sur la moquette. Des mains aux ongles rouges ajustent les bas résille, serrent les hauts talons. Des cheveux blonds, noirs, roux, bouclés ou en chignon se reflètent dans le miroir. Un fer lisse une extension rebelle. Dans la glace, des regards sont lancés, l'un apprécie la cambrure, l'autre scrute les plis du ventre. Je suis dans l'antichambre de la femme fatale. Catalogue La Redoute, seins pour toutes : du très gros, du très faux ou du presque rien ; fesses hautes, pulpeuses, petites rondeurs et cellulite naissante ; faux cils, cils en paquets, lignes d'eye-liner parfaitement symétriques. Les fesses, les yeux : le même regard, la même franchise. Des vagues de chair blanche, bronzée aux UV, de la chair noire affichant une égale, indifférente, nudité. Un unique corps de femme dans mille femmes, un seul sexe béant, obscène. Affreusement bandant.

Je me sens toute petite dans mes chaussures plates, invisible dans mes vêtements larges. Je ne sais pas quoi faire, où me mettre. Une blonde me bouscule, ses seins butent sur mon front. Il n'y a pas de place pour moi, pas de siège libre, un coin de moquette où poser mon sac. Personne ne m'adresse la parole. Quelques regards se posent distraitement sur moi, l'air de savoir ce que je viens chercher ici et de s'en moquer. Les mots grivois excèdent le ronflement des sèche-cheveux.

– J'ai niqué ce matin comme une folle pendant cinq heures. Un truc de ouf !…

J'esquisse un sourire forcé, inutile supplication de mon embarras.

Où est Andrea ? Qui est Coquelicot ?

Je fais demi-tour. À la peur s'est ajoutée la honte. Je me dirige vers la sortie, je déclenche la machine du mépris – j'ai de beaux nichons, oui, mais j'ai bac + 5 ! –, c'est bien, le mépris, pour s'en sortir avec dignité. Je ferme derrière moi la porte des loges au moment où Andrea sort du bureau de la direction, et m'adresse son inaltérable sourire.

– Te voilà. Viens, suis-moi. Coquelicot est impatiente de te rencontrer…

Dans le désordre des loges, Andrea me montre du doigt une danseuse brune qui mange une soupe, à moitié recroquevillée sur une chaise, près du four à micro-ondes. Bouche augmentée d'un trait rouge foncé, joues coupées avec du fard rose corail, cernes violets sur peau de jeune fille fatiguée. C'est ça, Coquelicot ?

La jeune fille porte un mouchoir à sa bouche.

– Ça va ?

– Hein… en fait… je suis enceinte. Mais bon, c'est

pas grave. Je vais avorter... de toute façon ça va pas avec mon mec. J'ai pas envie de me prendre la tête !

Elle se lève brusquement, jette à la poubelle le mouchoir et la soupe, ajuste ses seins qui se soulèvent, pressés par le corset. Coquelicot met du noir sur ses paupières, encore du rouge sur ses lèvres, estompe le fard à joues, étale de la crème pailletée sur ses jambes, met une petite chaîne à sa cheville. Finalement, elle est belle, Coquelicot. Jolie poupée pour grands enfants. Je m'approche un peu plus, la regarde dans la glace. Coquelicot a l'odeur moelleuse d'un bébé.

– Tu as quel âge ?

Elle se retourne et appuie ses beaux yeux à peine bridés dans les miens.

– J'ai bientôt dix-neuf ans, dans dix jours c'est mon anniversaire... et toi, t'as quel âge ?

– Moi...

– On s'en fout de ton âge... Ta tenue, plutôt ! Montre-moi ! Et ton maquillage ? Ça va gueuler, sinon. On t'a donné un casier ? Faut que t'achètes un cadenas... Tu as déjà dansé ?

Elle saisit mon sac, le vide.

– C'est tout ce que t'as ?

– Ben... oui, je suis à l'essai. Je ne sais pas si je suis prise.

– À l'essai ? Ça va pas, non ? Bien sûr que tu es prise ! Elle n'est pas mal ta robe. Et puis, on se passe pas mal de fringues entre nous. Une nana, Caro, vient souvent en vendre. Ton string, on dirait une culotte ! Tiens, mets ça à la place. Il est à dix euros. Faut regarder à côté des affiches, les vêtements accrochés, ils sont en vente...

Coquelicot me tend un joli string noir avec des strass. Il est minuscule. Ça m'affole. Que peut-il cacher d'un sexe de femme ? Je jette des regards obliques autour de moi. Sous les transparences il n'y a que des ficelles et de microscopiques triangles de tissu qui font espérer les sexes épilés, prêts à s'exhiber.

– Tu n'es pas obligée de montrer ton cul sur scène. Juste le haut... Fais voir. C'est des vrais ?

Coquelicot est une petite fille vorace. Elle pose ses mains impatientes sur mes seins. C'est la première fois qu'une femme touche mon intimité. Elle les soupèse délicatement, épouse les rondeurs de la paume, passe ses pouces sur les mamelons. Caresse qui suscite mon rire. Je ne sais pas si je suis gênée ou ravie. Il y a des plaisirs pour lesquels on a besoin d'indifférence.

Je me glisse dans ma robe. Je ne regrette pas mon achat, ça a l'air de plaire à Coquelicot. Elle me fait asseoir face au miroir. Je n'ai d'yeux que pour mon décolleté. Le rose des mamelons joue à cache-cache avec les transparences noires du tissu. Je croyais être habillée. Je ferme les yeux, Coquelicot étale sur mes paupières du fard noir, puis du marron en couches copieuses, elle décrit les couleurs, les techniques de maquillage, ne cesse pas de parler. D'un geste assuré, elle étale l'eye-liner, je sens la petite langue mouillée près des cils sans mascara.

— Regarde en haut. Bouge pas !

Coquelicot n'a pas fini. Je ne demande pas « Qu'est-ce que tu fais, est-ce que c'est fini, c'est carnaval ou quoi ? ». Le maquillage c'est le rêve de la gamine que je suis, là, sous le joug des pinceaux et du fard à paupières, fascinée par les rouges, les marrons, les couleurs ocre ou orange, le bleu. Avec sa palette de peintre, Coquelicot me dessine un nouveau visage. J'aurai un corps à faire bander, à briser les cœurs. Être femme, c'est ça aussi. Du maquillage, et de l'artifice.

Dans la glace, je dévisage celle qui se tient immobile face à moi. On dirait Rose Lee, mais en mieux. Les yeux sont immenses, le regard noirci par l'eye-liner et le mascara. La bouche parfaite. Les pommettes hautes, roses comme après l'émotion. Coquelicot pose son menton sur mon épaule et contemple son œuvre.

— Les prochaines fois tu sauras le faire toute seule…

— Tu crois ? Ça ne s'improvise pas, quand même. Vous êtes toutes très bien maquillées… il y a des filles magnifiques. Ça me donne la trouille… des bombes prêtes à exploser !

— Ne te dis pas « J'suis pas belle ! ». Le truc, c'est pas d'être belle. Rien à foutre de ça. Le truc, c'est d'être vachement désirable. Tu vas apprendre…

— Ça s'apprend ?

— Évidemment que ça s'apprend !

– Être nue, ça ne suffit pas ?

– Non, chérie. Le strip sans le tease, c'est du pipi de chat ! Inutile !

– Comment on fait, alors ?

– Pour commencer, entraîne-toi à fixer le client droit dans les yeux. Au début ce n'est pas facile, tu n'as pas l'habitude parce qu'on ne le fait pas dans la vraie vie. Tu dois le dévisager, et quand tu l'approches, fais un petit sourire, comme si tu étais surprise, tu le reconnais, c'est lui, tu le cherchais, tu l'as trouvé. L'homme de ta vie est face à toi. Tu deviens timide, tu peux tourner ta tête, l'air confus – un peu de pudeur, ça les rassure –, mais tu recommences, un clin d'œil, par exemple, et place-toi à quelques centimètres de son visage. Après, ne le lâche pas ! Quand tu seras en privé, de dos, montre-lui ton profil et cherche-le des yeux. Comme ça… penche légèrement ta tête, le regard oblique, c'est une tuerie ! Il ne sait plus quoi mater : ton cul ou ton visage ? Là, tu le tiens ! S'il baisse les yeux quand tu le fixes, il est mort ! Tu es la femme qu'il ne peut pas toucher. Ton cou, ta cuisse, ton bras, c'est ce qu'il y a de plus beau au monde. Et n'oublie pas le petit sourire. Ça leur donne l'impression que tu prends ton pied, et que c'est grâce à eux. Tu vas leur rappeler la raison principale de leur existence : bander. Les hommes ne désirent que ça.

– Les hommes vivent pour bander… ok, c'est clair.

– Allez, gros nichons ! T'inquiète pas, tu vas cartonner ! Faut monter. Laisse ton sac près du mien. Ça craint pas.

Je me sens vulnérable avec cette robe transparente et le string dans mes fesses. Les talons, par contre, me donnent un peu d'assurance. Ça me plaît d'être grande. Je lance un autre coup d'œil dans la glace. Ne suis-je pas un peu trop maquillée ? La seule chose à faire pour le moment c'est de ne pas quitter mon guide. Je ne sais pas quoi faire sans elle qui a tout compris et me prend par la main. On monte.

Adossée au comptoir du bar, Coquelicot fait signe à la barmaid.

– Fais gaffe toi, tu commences tôt à boire et tu te mets à lécher la braguette des clients à deux heures du mat' !

– Oh ça va ! Tu me les donnes ou pas ces deux shots de vodka ? Je te présente la nouvelle, Rose Lee. Elle a la trouille, faut l'encourager.

Ariane, la barmaid, me lance un clin d'œil, dit « T'es dans de bonnes mains », et nous sert deux petits verres remplis à ras bord.

– Je n'aime pas trop la vodka…

– Ça n'a rien à voir, ma chérie. C'est du carburant, ce n'est pas de la vodka. Faudra changer un peu tes habitudes…

Je suis dans de bonnes mains. Je fais tout comme mon guide : entrechoc des verres, sourire, apnée, déglutition. Le liquide brûlant fouette ma gorge et remonte quelque part dans mon cerveau. Je me retourne vers la salle avec le courage de regarder à quoi ça ressemble le théâtre de la stripteaseuse. Une pluie de petites lumières comme des confettis tombe sur les podiums depuis les boules à facettes. Des rayons bleus, rouges, s'élèvent de la scène. Au milieu, les corps cambrés des filles, des vagues parfaites.

Coquelicot s'approche :

– Tu vois ça ? – Elle pointe du doigt un coin sombre, loin des lumières de la scène. – Tu vois la nana, là-bas ? C'est une nouvelle. Regarde bien ce qu'elle fait. Elle va se faire gauler par la chef. Ne fais jamais ça ! En privé, oui, mais pas pour une danse à la table. Elle se lâche un peu trop. Je ne lui donne pas un mois pour faire la pute.

Une fille à forte poitrine se frotte avec insistance sur un client. Une chatte en chaleur, sans instinct ni désir. Une salope. Ça m'écœure. Je tourne à nouveau la tête vers le podium. Je ne rêve pas, c'est certain, mais rien ne semble prendre l'aspect de la réalité. Ce que le réel d'ici surajoute au réel en dehors d'ici, il le fait vivre en tant que spectacle. Il y a des femmes qui séduisent rien qu'avec une démarche, un petit rien en plus qui brille dans le regard. Mais d'autres dansent obsédées par leur reflet dans le miroir, se trémoussent pour se plaire à elles-mêmes – « Miroir, ô mon beau miroir » –, d'autres encore réclament l'attention du spectateur, allant jusqu'à s'agenouiller devant lui. Celles-là marchent à quatre pattes, pointent leur cul, des fesses à claquer d'une main lourde, se cambrent jusqu'à se tordre, des vers de terre lustrés comme un cabriolet avant la parade, glissent sur le dos et ouvrent leurs cuisses en grand écart, belvédère pour tous – ça, c'est gratuit – avec possibilité d'entrevoir leur petit gouffre auréolé d'ombre. Le spectateur est absorbé, perdu. Il voit tout ce que je ne vois pas se dégager des corps à acheter avec quelques dizaines d'euros.

Mon rêve éveillé ressemble à une série télé de mauvais goût. Coquelicot paraît lire dans mes yeux certainement sans plus d'éclat.

– Elles ne sont pas toutes comme ça. Celles-là font beaucoup d'argent, c'est pour ça qu'elles ont leur place ici.

– Je vois, la loi de l'offre et de la demande...

– Oui, mais nous on est des filles classe ! Il y a les clients pour ça ! Tu vois là-bas ? La coupe de champagne ?

Coquelicot désigne de la tête un homme accoudé au bar, à l'opposé de là où nous nous trouvons.

– Il t'a regardée plusieurs fois.

– Moi ?

Elle lui fait signe. Il sourit, vide sa coupe d'une gorgée, se dirige vers nous.

– La voilà, elle est là pour toi ! Je vous laisse, les amoureux.

Je suis donc là pour lui, ça me fait sourire. Il doit

avoir la quarantaine, costard-cravate et mains soignées. Sorti d'un bureau de la Défense ou en fuite d'un dîner d'affaires.

– Tu t'appelles comment ?

– Ici, j'oublie toujours qui je suis. Mais toi plutôt ?

– Je m'appelle Rose Lee.

– Tu es nouvelle ? Je ne t'ai jamais vue. C'est ton vrai nom ?

Je ne réponds pas.

Nous descendons au sous-sol vers un des salons privés disponibles. Il s'assoit et écarte les jambes. Je jette un coup d'œil furtif à l'horloge. Il a acheté une danse de trois minutes. Je survivrai. Je soulève ma robe, la jarretière de strass orne ma cuisse, la pénombre c'est du maquillage. Il ne verra que ce qui doit l'exciter. J'hésite un instant. Par où commencer ? Coquelicot m'a dit d'être bien cambrée, de plonger la tête en arrière et de faire tomber les cheveux au plus près des fesses. «Fais l'amour avec toi-même», m'a-t-elle dit. Jambes légèrement pliées, j'approche mes fesses du client, le string accroche sa braguette. Je m'écroule intérieurement. Je m'assois sur le méfait. De dos, je pose ma tête sur son épaule, je continue de faire tournoyer mon bassin et je glisse une main pour détacher le string. Il doit croire que je veux le toucher, ma main s'agite près de son sexe à l'insu des caméras de surveillance. Je me relève, face à lui qui sourit. Mais de quoi ? Je ne sais pas si je suis ridicule ou sensuelle, mais ce n'est pas la fin du monde, finalement, un déhanché. J'ai juste le temps d'enlever le string. Je suis toute nue devant un inconnu qui ne baisse pas son regard vers mon sexe épilé.

C'est fini.

Ça devait durer trois minutes. Le minimum pour une danse privée. Cent quatre-vingts secondes et toc. Merci, au revoir. Je suis une professionnelle qui respecte les règles à la seconde près. La peur fonctionne aussi bien que l'éthique.

– Rhabille-toi et appelle la vendeuse de tickets. Dis-lui de venir.

– Pourquoi ?

– Comment ça, pourquoi ? Parce que c'est trop court. Ça ne me suffit pas.

Il rachète une demi-heure. Puis une autre demi-heure. Enfin, encore une heure.

Au début, il ne parle pas. Il pointe ses yeux dans la lumière sombre comme un chien à l'affût, mais reste immobile, les mains posées sur la banquette, la position du supplicié. J'ondule de plus en plus près de ses cuisses, son entrejambe, son torse, sa bouche. Assise à califourchon sur lui – j'ai vu les autres le faire –, j'approche ma joue de la sienne, m'interdisant de lui souffler « Merci ». Puis, il commence à parler :

– Assieds-toi près de moi, ne remets pas ton string,

je vais fermer les yeux pour mieux sentir ton parfum, ta peau contre moi, reste là, immobile, nue.

Sa main brûle, il la pose sur mon genou, et rouvre les yeux. Je danse sur son ordre qui n'est que prière. Moi : mouvement, vague, musique. Temps ramassé. Hors du temps. Mais il faut le compter, tout ce temps qui est de l'argent, parce que c'est ça, à présent, mon corps. Les seins chauds, c'est ça. Son corps à lui aussi, corps diffusant son trouble, odeur acide, braise couvant son émoi. Comment peut-il se contenter de regarder, vouloir payer pour ce regard ? Je m'offre à un inconnu parce qu'il a payé, je lui livre mon secret tarifé, ma fragilité fardée et tremblante. Nous buvons du champagne, il a pris une bouteille de Ruinart – Coquelicot a raison, c'est du carburant. Nous restons longtemps main dans la main comme deux écoliers qui n'ont plus de mots. Je me demande s'il m'aime. Je crois l'aimer lorsque je tâte d'une main avide le gros tas de tickets dans ma jarretière, mon argent. Il sort d'un tournoi de poker, c'est un joueur professionnel. J'ai comme l'impression d'être sur un plateau de cinéma, en plein tournage. Ou dans un rêve. En tout cas, pas de réalité dans le salon privé où je suis en train de vendre le spectacle de mon corps nu. Je veux danser, faire le geste parfait et rond appris à l'école d'effeuillage, pour que son désir vienne se nicher dans le creux de mes mains, dans le doux de mes cuisses écartées.

Nous montons ensemble, encore main dans la main, sans parler, chacun avec son secret. Il attend que je danse sur scène. Je ne veux pas lui dire que c'est ma première fois.

Rose Lee standby, Rose Lee next ! L'appel du DJ résonne dans la boîte. Depuis le podium, pirouette après pirouette, gorgée d'excitation et les jambes en coton, j'agrippe le regard de mon client. Il est plus facile d'exister dans son regard à lui. Mais à chaque fois que je tourne la tête vers le miroir, te voilà corps, pris dans les lumières bleues et roses, chair cambrée et immobile : moi, saisie de ne pas me reconnaître. Regard noir qui scrute, pommettes rouges, souffle court, poitrine exhibée comme un trophée. Toi dans la glace, avec tes yeux explosés, fais-moi peur, dis-moi que tout à l'heure, dans le privé, c'était bien moi qui ondulais près de l'inconnu, moi qui me sentais mourir parce qu'il n'y avait nulle angoisse, pas de honte dans cette danse jamais dansée, rien que du bonheur, ça oui. Je tourne à nouveau la tête vers le public. Dans la salle, la place de mon client est vide, il n'est plus là pour me donner son regard. Je dois continuer toute seule.

Le shoot d'adrénaline et une joie terrible m'ont empêchée de dormir toute la journée. C'est encore l'alcool et la perpétuelle musique, le désir du client qui a pris l'épaisseur des billets, et la pensée de mon petit compte en banque soudainement renfloué. Tout ça. Je reste allongée, immobile, comme paralysée. La voix de Coquelicot et celle du client se tissent à ma confusion nimbée d'ivresse qui ne déchante pas : « Tu es tombée sur le bon... il y a aussi les cons... les radins... les faux culs... les paumés... les pigeons... les bons clients sont souvent ceux qui se sont fait plaquer par leur meuf... *tourne-toi, je veux voir ton dos... dis-moi des mots doux...* tu niques avec qui tu veux... mais le client doit être persuadé que tu ne peux pas le voir en dehors du club... *excuse-moi, je suis très dur... je n'arrive pas à partir, on prolonge ?...* c'est tous des mythos... intéresse-toi aux cartes de crédit noires... *tu vas être dégoûtée des mecs, nous sommes tous les mêmes... je ne connais même pas ton vrai prénom...* fais-les aligner... je te dirai qui sont les voyous, ce n'est pas notre affaire... *j'aimerais te lécher partout...* tu dois reconnaître les putes qui accompagnent les clients, elles font ce qu'on ne fait pas : elles sont là pour les finir. »

Mon premier client s'appelle David. Je ne le verrai jamais plus. Demain il part vivre à Stockholm, près de sa fille qui n'a que deux ans. Je suis restée nue pendant des heures pour le plaisir de cet inconnu, et ça m'a semblé parfaitement normal.

12

Pas de chahut, ni de bousculades dans le couloir qui
mène en salle de cours. C'est normal. Lundi matin, tout
le monde dort. Je dois franchir une étendue désordonnée de sacs à dos avant d'être face à la porte. Personne
ne bouge, pas le moindre réflexe d'ordinaire politesse. Il
n'y a qu'un amas de survêtements noirs-roses-bleus
adossé au mur. Corps inanimés, yeux fermés sur bouches
muettes. Je les préfère comme ça, somnolents, absents.
Surtout aujourd'hui. Mes jambes tremblent après la nuit
irréelle où je me suis fait appeler Rose Lee. Dimanche,
sans avoir dormi, j'ai travaillé comme une forcenée.
Trente copies corrigées d'une traite, rien que ça, pour ne
plus y penser. Est-ce si grave, cette main sensuelle, hon-
teuse d'être avide, cette main caressante, allongée vers
les billets et le visage du client ? J'ai noté large des dissertations qui méritaient 3 ou 4 sur 20, je n'ai pas sanctionné
le *bon-heure*, la *phylosophie*, la *béatitude bouddique*,
l'*effemère*, l'*approche simplicte*. J'ai lu avec rigueur, sans
jamais désespérer et sans me foutre de la gueule du

pauvre élève qu'on regarde avec compassion et impuissance. Animée par une fulgurante passion pédagogique, j'ai gobé trente copies indigestes, très souvent des hors-sujet, comme si j'allais en balade, un soir d'été, vingt et une heures, un beau soleil couchant. Je me suis dit, redit que ma place est ici, parmi les moins bien lotis, et non pas dans ces autres lycées parisiens pour lesquels je renouvelle ma demande de mutation année après année. Encore moins dans une boîte de nuit où je montre mon cul à tous ceux qui veulent bien payer. De la compassion et une petite larme sont venues consacrer ma sublime émotion. Merci, mes élèves. Merci, Hadrien. J'ai compris pourquoi il m'avait attendue tout seul, près de la salle des profs. Ce n'était pas seulement pour la boulette. Il voulait savoir si j'avais lu sa lettre. Sur la dernière page de sa copie j'ai trouvé, fixée avec du scotch, une enveloppe fermée, sur laquelle il avait écrit seulement « Pour vous ».

Drancy, le 15 novembre 2005

Chère Madame le Professeur,
Je ne sais pas vraiment par où commencer.
Je m'excuse d'avoir dit plusieurs fois que la philosophie ne sert à rien. En fait, je ne pensais pas du tout mais pas du tout ce que je disais. Moi-même, je n'aurais pas aimé

qu'on me dise que le foot ne sert à rien. Je vous jure que je ne recommencerai jamais plus.

Depuis l'époque du collège, ma mère me dit « Tu verras quand tu seras en terminale : la philosophie va te faire comprendre les choses de la vie, tu verras, tu verras ». La voici, mon année de terminale, et je n'ai pas l'impression que la philosophie m'aide à comprendre la vie. Des fois ça me plaît, alors je répète dans ma tête des phrases que je prends dans les textes de vos cours.

À propos de ça, je voudrais vous poser une question, mais pas devant toute la classe. Alors je vous écris.

Pendant le week-end, je me suis foulé la cheville et je ne suis pas allé à mon entraînement de foot. J'ai passé tout le week-end allongé sur mon lit, à regarder le plafond et à attendre que ça dégonfle. C'est bizarre, j'ai imaginé des choses en regardant les fissures du plafond. Je ne sais pas si c'est normal, parce que c'était comme quand on est enfant, qu'on regarde les nuages et qu'on s'imagine des histoires. En fait, dix mille trucs me sont venus à l'esprit et je me suis rappelé qu'une fois vous aviez dit « Prenez soin de votre vie intérieure ». Je me souviens que je n'avais rien dit, mais qu'Amine avait sorti un truc comme quoi la vie intérieure ce n'était pas la vie. Ce n'était même pas de la réalité. Ce n'était rien. Mais pendant le temps où je suis resté allongé, les pensées me sont venues toutes seules. Est-ce que c'est ça, la vie intérieure ? Si c'est ça, je me demande si c'est toujours négatif. Parce que je me suis dit que la vie est une fissure, comme au *plafond. C'est peut-être bête. J'imagine que je ne suis pas le seul à me trouver nul. Je vous admire quand vous faites l'éloge de l'intelligence et vous dites que nous devons perfectionner nos facultés. Oui mais pour quoi faire, Madame, si la vie n'est pas que du bonheur et ça se casse la gueule ? La vie est comme moi le week-end dernier : il faut des béquilles. N'est-ce pas, Madame, que la vie, ça se casse la gueule ?*

Bref, je ne sais pas si je me fais comprendre. Tout ça pour vous dire que, pour le moment, je n'ai pas l'impression que la philosophie aide à mieux vivre. Vous l'avez dit, ça aussi, je m'en souviens très bien : « La philosophie aide à mieux vivre. »

Merci pour l'attention que vous consacrerez à mes questions.

Cordialement,
Hadrien

Je fouille dans mon sac, empêtrée dans des pensées confuses, honteuses. Je sais qu'Hadrien est présent, mais je ne lève pas les yeux vers lui. Je cherche. Pas de clé. Je bégaye des vagues excuses – « Surtout ne bougez pas » – et je repars vers la salle des profs, je cours à perdre haleine au risque de tomber. Nous, les professeurs, ne pouvons pas les laisser sans surveillance. Nous ne devons pas les quitter des yeux, jamais. La dernière fois, ça s'est passé pendant le cours de mathématiques de Mme Louis.

Cinq minutes sans surveillance ont suffi pour qu'une fille se plaigne d'avoir subi des attouchements, qu'une fenêtre soit cassée et qu'un sac à dos avec tout son contenu disparaisse. Interdiction de les laisser aller aux toilettes, ne jamais les autoriser à quitter la salle de cours, ne pas entrer en contact physique avec eux. Les élèves sont intouchables. Pas de main posée sur une épaule pour encourager, ou pour retenir. Pas touche, jamais. Dixit l'inspecteur.

De retour avec la clé, je constate que la léthargie est totale. Rien n'a bougé, la fatigue, ou l'ennui, les paralyse. J'ouvre la porte. Ils traînent leurs carcasses encombrées de sacs à dos jusqu'aux bancs. Certains se vautrent bruyamment à leur place, d'autres se balancent déjà sur les chaises qui risquent de craquer, le regard sondant le vide. Je me tais, pensant aux consignes : ne pas demander aux élèves de se tenir droits pour ne pas troubler leur concentration. Dixit l'inspecteur. Depuis la chaire j'assiste impuissante aux gestes hâtifs, où perce cette violence toujours déjà là, prête à exploser, les mains qui poussent le camarade, traînent la chaise, un tour, deux tours, pour se balader sans raison si ce n'est faire chier, et ça grince. C'est un râle qui se lève comme une musique funeste. Immobile, dressée devant eux, muette, mon cœur sursautant à chaque grincement, je les vois palper, tirer, triturer, jeter, et c'est ma chair qu'ils maltraitent. Ça me paralyse. Ceux qui ne sont pas avachis sur leur banc, tête enfouie entre les épaules, me fixent de

leur regard sombre de désapprobation. Je bois une gorgée d'eau pour retrouver ma voix. Hadrien se tait. Il est
assis, droit et silencieux à sa place. J'accepte, enfin, de
croiser son regard et les mots que je devais dire sortent
soudainement :
    — Moi non plus, je n'aime pas me lever à six heures
du matin... mais il y a des choses plus importantes à
faire que de rester dormir chez soi. À cette heure si
matinale, nous allons faire le corrigé du sujet que vous
avez travaillé à la maison : «*Peut-on être heureux sans
être libre ?*»
    J'écris l'intitulé au tableau, pendant qu'un cri collec-
tif, désordonné, se lève comme une injonction :
    — Et nos copies, m'dame !
    — Après le corrigé...
    — Mais ça ne sert à rien le corrigé, on y arrivera pas à
le faire comme ça, on veut juste les notes... – La petite
Wallen trépigne, ne lâche rien. – Les corrigés, c'est pour
les lycées des riches.
    — C'est ça, elle a raison, intervient Leïla, et puis, on a
le droit d'avoir nos copies.
    Le bras de fer avec les élèves m'épuise. Je vais avoir
une migraine, je le sens. Je fais semblant d'être sourde,
moi aussi je peux m'obstiner. Je note au tableau une
problématique possible pour un développement type :
«Bonheur et liberté sont-ils incompatibles ? Première
partie : La liberté fait obstacle au bonheur. Deuxième
partie...»

Derrière moi, ça n'arrête pas de divaguer. Petits rires suffoqués, une chaise tombe. Des vomissements ? Je me retourne. Leïla est debout, pommettes rose fuchsia, survêtement rose très serré, les cheveux en bataille.

— M'dame, Lény a lâché une caisse ! Y en a marre des garçons ! Pourquoi on fait pas cours entre filles ?

— Ah oui, t'as raison, tes mots c'est des pets ! Tu pètes avec ta bouche ! C'est Diogène ça, prof ! Comme si les meufs ça puait pas...

La classe est en déroute, mon cri s'échappe :

— Lény, tais-toi !

— Pourquoi m'dame « tais-toi » ? J'ai rien fait de mal. On doit pas garder ces choses-là à l'intérieur de soi, c'est fait pour sortir, sinon on est pas bien.

Je ne discute pas. Comment s'opposer à tant de sagesse ?

Le bonheur, donc. Et la liberté. Pas de cahiers sur les tables, des stylos ici et là. Quelques minutes s'offrent à moi, je tente une réflexion, c'est de la philo par intermittence, une petite graine par-ci, une autre petite graine par-là. Il ne faut pas s'arrêter de semer et d'espérer la moisson. C'est la raison même du métier.

— Être heureux, cela demande d'apprendre à choisir...

— Choisir quoi, m'dame ? La pilule du lendemain ? Elle n'est pas rouge celle-là...

— Le bonheur est le seul but que nous recherchons toujours pour lui-même...

– Oui, mais moi, je veux aussi le bonheur de mes frères et sœurs !

– On ne peut pas être heureux sans être libre...

– Trop de la balle, c'est vachement vrai ça !

– Et vous, madame, vous êtes heureuse ?

Hadrien, qui n'a pas parlé jusque-là, me lance à nouveau :

– Et vous, madame, vous êtes heureuse ?

Arrête de m'embêter, Hadrien. Arrête de demander de l'amour. Je n'ai que des philosophes à te donner, des concepts et des citations si bien formulés que tu auras l'impression de comprendre le monde, la vie, toi-même. Écoute-moi, juste écoute-moi et révise, fais ce que je te demande de faire. Ce n'est pas pour le bac. On s'en fout du bac. C'est pour toi, un cadeau pour la vie, l'étincelle qui peut guider dans le noir. Je rougis. Ça me donne envie de m'enfuir. Ou de pleurer. Encore, pleurer. Toujours pleurer, c'est ça l'impuissance. À ce moment précis, Hadrien, dix-sept ans, et toute sa jeunesse cabossée sont plus forts que moi.

– Oui, Hadrien. Je suis très heureuse quand vous comprenez le cours, quand vous réagissez comme vous l'avez fait aujourd'hui et que nous essayons de bâtir une réflexion ensemble. Je suis heureuse de vous remettre les premières dissertations de cette année. J'ai voulu vous encourager même s'il nous reste beaucoup de travail à faire.

Que des mots idiots, je n'y crois pas moi-même. Personne n'y croit, tout le monde s'en fout. Je baisse le regard vers les copies. Je les tends à Wallen, pour qu'elle les distribue. Hadrien se lance vers nous, sprinter motivé, et exige de l'aider pour la distribution. Je n'ai pas de mots à dire, je crois même avoir perdu ma voix, ils ne me calculent même pas, de toute façon ce sont eux les décideurs. Quelques minutes plus tard, Hadrien me restitue la copie d'un élève absent, et me glisse quelques mots presque inaudibles : « J'attends votre réponse. » Je lève mon regard, j'enfonce mes yeux dans les siens, sans le vouloir, comme un réflexe, une nécessité trop urgente pour essayer de l'escamoter. J'aime ce garçon. Comme lui, moi aussi j'ai collé sur la dernière page de sa copie ma lettre à moi.

Paris, le 25 novembre 2005

Cher Hadrien,
Tout d'abord je te remercie pour l'attention que tu portes à la philosophie et par là même à mes cours. Je ne pense pas que tu sois « contre la philosophie ». Je pense au contraire que tu es résolument « avec la philosophie », tu as déjà fait le premier pas vers ce que j'appellerais une attitude philosophique qui n'est rien d'autre qu'une attitude réfléchie. Peut-être te souviens-tu de la définition que nous avions donnée de la réflexion : « acte de la pensée faisant retour sur elle-même pour prendre connaissance de ses

propres opérations». S'il a fallu que tu te foules une cheville pour t'allonger sur le lit, contempler ton plafond sans
écouter de musique, je suis, hélas, contente de ton infirmité
passagère. Les images que fissures et moisissures t'ont ins-
pirées n'étaient rien d'autre que ta pensée. Tes questions,
ta lettre aussi sont un bel exemple de conscience réfléchie.
Tu es le sujet qui fait de sa pensée l'objet même de sa
pensée. Ce dialogue de la pensée avec elle-même est déjà
philosophie, cher Hadrien. Mais je comprends tes doutes,
je veux bien essayer de répondre à tes questions. Tu te
demandes si la philosophie peut nous délivrer du malheur
d'exister, calmer l'inquiétude et mettre du sens dans tout
ce qui, dans notre vie, nous semble insensé. Je comprends,
et je partage ton inquiétude. Pas besoin d'être philosophe
pour faire l'expérience de l'absurdité de l'existence. De
plus, c'est le questionnement lui-même qui est angoissant.

Oui, Hadrien, la philosophie peut nous aider à mieux
vivre puisqu'elle nous apprend à travailler sur nos repré-
sentations du monde et de nous-mêmes, sur nos désirs et
nos angoisses.

Oui, Hadrien, la philosophie ne fait pas le bonheur,
puisque si philosopher peut être un bonheur, ce n'est pas
parce que nous philosophons que nous serons heureux.

Tu l'as bien compris, au commencement de toute philosophie il y a quelque déception originelle, un malheur.
Allongé, immobilisé par une cheville foulée, tu penses.
C'est quand tu ne te tiens pas debout – est-ce donc la vie
qui ne tient pas debout, ou peut-être toi? Nous tous? –

que tu te mets à penser. *Étrange, n'est-ce pas ? Peut-être est-ce l'esprit et le corps qui boitent. Beaucoup moins la vie.*

Cher Hadrien, j'ai envie de te dire que la vie est passionnante, irrésistible, qu'il faut s'y abandonner, la savourer, l'aimer tous les jours, à chaque instant et de plus en plus fort. Mais je me dois de te rappeler aussi qu'elle est triste et répétitive, traversée par la vulgarité, la laideur, la médiocrité. Menacée par la maladie, mise en échec par la mort.

C'est la philosophie qui m'a appris qu'il y a des idées qui sauvent, et d'autres qui peuvent nous perdre. Savoir vivre, c'est choisir les idées qui ne nous perdront pas. Voilà en quoi la philosophie peut nous sauver du malheur d'exister.

N'oublie pas : Sénèque, dans De la brièveté de la vie, *dit « On doit apprendre à vivre toute la vie ».*

Merci, Hadrien, pour avoir partagé avec moi tes idées et intuitions.

Sincèrement,
Joséphine

Deuxième partie
TU NE SÉDUIRAS POINT

1

Je suis un fantasme.

Depuis dix jours, je porte la nudité comme un masque. Je me suis appelée Rose Lee, et je sens que Rose Lee c'est moi. Ma nouvelle silhouette affinée par la dépression m'a été providentielle.

Je surveille un devoir sur table. Morte de fatigue, je n'ai jamais été aussi vivante. Je ne dors presque plus, car dans mes nuits il fait désormais grand jour. J'exulte comme je ne pensais pas qu'il était possible d'exulter. Je sens mon corps se liquéfier, risquer de disparaître sur cette chaise où mon cul idolâtré retrouve sans vergogne les sensations du déhanché de la dernière nuit. C'est ça, être un fantasme sexuel : fondre dans son propre plaisir.

Je regarde, sans les voir, les trente-trois élèves qui sont devant moi. Ils n'existent plus. Derrière les lunettes, je cache mes cernes et ma stupéfaction. Je suis définitivement éblouie, totalement ébranlée. Je ne me suis jamais sentie belle. Même pas jolie d'ailleurs. C'est un vertige auquel toutes les femmes devraient avoir droit. J'ignorais que les regards d'hommes posés sur le corps d'une femme pouvaient changer une vie. Je ne le savais pas, parce que j'en avais la trouille. Peur des hommes, oui. De leur trique et d'une libido ingérable. Comment avouer, à présent, que je veux être celle qui fait bander tous les hommes de la terre ? Les beaux et les laids, les vieux et les jeunes, les bons et les méchants ? Ceux que je désire et ceux que je ne désire pas ?

La nuit, je suis cette femme. Je suis Rose Lee. Je danse toute nue pour ceux qui veulent bien se payer du spectacle, je me frotte toujours un peu, et toujours un peu plus, pour m'assurer que je fais bien mon boulot. Je regarde beaucoup les autres filles. Je veux apprendre. Ça me rappelle les cours de danse classique de ma jeunesse, les regards qu'on se lançait au tempo des battements de jambes et des ports de bras. Dans les vestiaires, les jeunes danseuses demeuraient nues, avant ou après la douche, assises, l'une à côté de l'autre, occupées à bavarder. Je jalousais leur nudité sereine, le naturel de leur féminité. Sans artifices, elles étaient belles, s'imposant sans provocation. Des femmes dénudées, sans être à nu, que nul ne pouvait détrôner. Face à elles, je me suis toujours cachée, dissimulant mon corps derrière une serviette de bain. Je me rhabillais très, très vite. À présent, je veux être comme mes collègues, je veux leur savoir-faire pour régner sur tous les sexes en érection.

Satisfaction narcissique. Oui, et alors ? Des inspecteurs de mon académie je suis passée aux admirateurs de mes seins et, mon Dieu, qu'est-ce que ça fait du bien ! Suis-je devenue idiote, me sentant plus philosophe depuis le podium que devant mes élèves ? Je me le demande, mais pour moi c'est seulement sur scène qu'il y a une vie sans tristesse ni tragique. Là-bas, vivre est facile, la liberté est une émotion et pas seulement une idée. Sans compter l'argent. Je n'y allais pas pour ça au départ, je ne m'étais même pas posé la question. Mais quand on gagne un salaire de prof en seulement quelques nuits de danses, on oublie soudainement tous les bouquins qu'on a lus, relus, résumés. Qui a dit que l'argent ne fait pas le bonheur ?

J'ai compris ce qu'on attend de Rose Lee. Coquelicot me l'a très bien expliqué. Les hommes veulent du grand jeu. Rose Lee doit d'abord scruter le client, se mettre face à lui, mais encore à distance lorsqu'il s'assoit, l'obliger à une, deux minutes d'attente, chercher, dans ses yeux, le désir qu'il a pour elle. Elle doit s'approcher, tendre et ondoyante. Ça doit commencer comme ça, par une forme d'étourdissement où il ne sait pas ce qui lui arrive et regarde sa femme idéale avec des yeux de merlan frit, sidéré. De sa bouche ouverte, il veut téter, sucer, parler. Tout à la fois. Mais sur le visage il n'y a que la grimace de l'impatience, pendant que ce qu'il attend s'évanouit minute après minute, parce que c'est ça le temps que Rose Lee surveille impitoyablement, le regard en direction des compteurs affichés dans le salon. Mais elle saura lui faire croire que le temps ne passe pas. Donner l'espoir d'un baiser en approchant ses lèvres des siennes, dessiner le contour du visage ébahi. Puis, le serrer fort, l'épier lorsqu'il laisse tomber la tête en arrière et ferme les yeux pour ne plus la voir. Il ne peut pas toucher Rose Lee. Il le sait. Souvent, il n'ose même pas. Ou alors il l'effleure avec précaution, au ralenti. Les doigts se posent sur ses poignets, la main enserre le haut talon. S'il se fait pressant, Rose Lee peut faire semblant de l'étrangler – Coquelicot le lui a conseillé –, attraper ses cheveux et secouer doucement sa tête. S'il reste calme, elle déboutonne un peu sa chemise, feint de caresser son torse pour qu'il s'excite et lui demande de prolonger sa danse.

Un autre peut être vulgaire, la regarder d'un œil lubrique, lui lancer des mots grossiers. Il est la bête en rut qui glisse ses mains sur le sexe en érection, il lui ordonne de se frotter sur lui. Elle doit sourire, sans rien faire de ce qu'il demande, elle le méprise. Quand elle est nue, il veut voir sa chatte, il lui demande d'écarter ses jambes. « Je peux te payer plus », dit-il. Il profite de l'instant où elle s'éloigne pour essayer de la toucher de ses sales doigts. Elle se tourne et lui balance une gifle. Il arrête de se tordre dans son slip et de l'humilier avec tous ses mots sales pour éjaculer dans son pantalon en baissant aussitôt le regard.

Face à ça, Rose Lee doit se relever élégamment, sourire, se moquer de ce qui vient de se passer. C'est écrit dans son contrat : « L'artiste reconnaît qu'elle pourra être confrontée à des situations de nudité et être amenée à entendre des paroles sexuellement explicites, ainsi qu'à voir des scènes et des comportements sexuellement explicites, et déclare ne pas trouver de telles situations offensantes. » Tout s'efface. Elle se rhabille en silence, pressée qu'il rouvre les yeux et lui paie ses indécences. Elle guette la main qui fouille dans la poche, lui tend à nouveau des billets. Puis, elle le quitte. Peut-être pour toujours.

Lui, un inconnu.

L'homme qu'on oublie.

Lui, et tous les autres : une multitude et personne à la fois.

Rose Lee, c'est la danseuse nue. Son monde est composé de deux grandes salles, de trois podiums où s'érigent trois barres, et de dix salons privés. Cinq cents mètres carrés de bonheur obscur.

2

Sois intelligente, pas belle. Les belles femmes ne servent qu'à parer les hommes riches d'un brillant de plus. Ne sois pas séduisante, deviens invisible. Pas de maquillage, pas de robe ni d'escarpins. N'écarte jamais tes jambes pour un homme. Il ne connaît que la violence, ne sait satisfaire que l'animal qu'il porte en lui. Ne rêve pas les yeux ouverts, il n'y a ni prince ni princesse.

J'ai quatre ans, des cheveux en brosse, des encyclopédies et des livres de littérature pour la jeunesse, même si je ne sais pas lire. Mais pas une seule poupée. Ma mère a décidé que ma laideur sera salvatrice, que la culture c'est le véritable bonheur. Tous les mois, elle achète quelques nouveaux livres pour ma bibliothèque. J'envie les chambres à coucher de mes camarades d'école. Elles sont rose bonbon, avec un plafond constellé d'étoiles. Ça brille dès qu'on éteint la lumière. Autour du lit, posés sur les étagères, des poupons filles et garçons, des minuscules tétines sur les tas de vêtements, des Barbie en escarpins avec leur cuisine miniature. J'ai eu une seule poupée pendant mon enfance. Une Barbie que Delphine, une camarade de classe, m'avait offerte. Ses cheveux étaient abîmés. Mais je trouvais que les mèches parties en fumée lui donnaient un air sauvage. Elle était l'aventurière, l'héroïne de toutes les histoires abracadabrantesques que je lui attribuais. Je l'aimais comme ça, je la cachais dans la niche de Mac, le dogue allemand de la voisine prof de philo à la fac.

Un jour, ma Barbie a disparu. Je l'ai cherchée partout.

3

De toutes les filles, c'est Fleur qui me plaît le plus. Elle n'est pas comme les autres. Fleur danse avec son cul rond et parfait, avec ses mains, ses cheveux bouclés caressant les épaules, ses yeux. Surtout avec ses yeux. Quand elle se déhanche, rien qu'avec son regard, une lumière, plus intense que celle de la scène, l'anime. Elle regarde en direction du public, pose le menton sur son épaule, et baisse les paupières comme avant le moment de la jouissance. Fleur donne envie avec tout son corps, se cambre, pointe ses fesses vers le public, me sourit – «C'est pour moi», me dis-je – et je surprends mon regard se balader près du pli qui sépare le haut de sa cuisse de la rondeur des fesses. Devant ce tout petit bout de chair rose, émouvant, je pense à celui qui y mettra sa langue, me demandant si cette perfection est aussi celle de son sexe.

Ce soir, ça crie dans les loges. Arrivée une nouvelle fois en retard, Fleur s'est engueulée avec Andrea. On dit qu'elle a un caractère de cochon, qu'un jour on va la virer, son esprit de révolte lui vaut souvent des mises à pied. Moi, ça me donne envie de la connaître. Je ne l'aborde pas, mais je l'observe : elle caresse la nuque du client, plonge ses doigts dans ses cheveux comme si, dans chaque inconnu, elle reconnaissait l'homme aimé. Fleur touche avant de parler. Elle explore l'intime sans y être invitée. Les hommes sourient, déroutés, ils n'ont déjà plus les mots, si ce n'est un « oui » répété des dizaines de fois. Ça lui vaut des nuits entières de salon privé. Une valeur sûre, Fleur. Elle est rentable pour la boîte qui s'accommode tant bien que mal de son caractère.

Après la dispute avec Andrea, elle affiche sur scène un sourire équivoque. Les couches épaisses de mascara et les cernes qu'elle ne dissimule pas ce soir donnent à son regard une profondeur trouble. Seule sa bouche sourit. Pas ses yeux. Elle glisse à quatre pattes sur le sol en plexiglas, se relève, les lumières bleues zèbrent la cambrure, habillent les seins nus qu'elle caresse machinalement, absente. Elle claque ses fesses de ses deux mains. Fleur est l'animal qu'on a envie de bastonner. C'est ça qui lui donne de l'avantage sur nous autres.

En quittant le podium, elle laisse tomber une cigarette qu'elle avait rangée dans le soutien-gorge. D'instinct, je m'accroupis pour la ramasser et la lui tendre, sans un mot. Elle prend la cigarette et enlace ma main. « Viens avec moi, me dit-elle. J'ai chauffé un mec, il m'attend. Tu vas t'occuper de son pote. » Je ne dis ni oui ni non.

Vidée d'une volonté claire, je me laisse traîner comme un objet.

Il est quatre heures du matin. Ça fait environ deux heures que nous sommes dans le salon privé où nous buvons des magnums de Ruinart avec nos clients. Fleur a un piercing sur le clitoris. Je l'aperçois luisant dans la pénombre. C'est la première fois que je la vois complètement nue. J'offre à mon client mes fesses en me retournant pour fouiller l'obscurité à la recherche du sexe de Fleur, mater ses jambes, le pied tendu de la danseuse. Je suis ses déplacements près du client qui allonge la main vers sa poitrine. Ça m'agace. Je lui rappelle le règlement, interdiction de toucher. Fleur se met à rire. Elle prend les mains du type pour les rapprocher de tout son corps, joue avec le désir de son client, peut-être aussi avec le mien. Un petit, insignifiant centimètre sépare la main de l'homme de sa chair nue. Cette fille est une garce. Je m'arrête de danser, la regarde encore. Une fois lâchées, les mains du client l'attirent vers lui d'un geste sec. Il sort sa langue, veut sucer le téton, mais reste assis, enfant penché vers le désir ultime, bouche bée, chien qui salive, obligé de se tenir à distance par les bras soudainement tendus de Fleur. Une main réussit à tâter la cuisse, l'autre cherche le sexe lisse. Je n'arrive pas à continuer. Il n'y a plus de musique pour danser. Il y a Fleur, et son corps, proie de mains affamées. En une poignée de secondes elle obtient réparation du tort subi et rétablit son empire. Elle a le sourire froid du mépris, prend sa coupe à demi pleine, la renverse dans l'entre-jambe du client. Elle rit. « Pardon je n'ai pas fait exprès, mais qu'est-ce que tu fous ? Tu le sais qu'il est inter-dit de jouir ici ! Faut payer le supplément, faut appeler les gars de la sécurité ! » Fleur me tire vers elle, me souffle « T'inquiète pas, ce n'est pas grave, c'est juste un homme, regarde-le ». Elle m'enlace et sourit au client qui sort deux billets de cent. Je l'imite. Nues, nous ten-dons nos cuisses avec jarretière : c'est là la tirelire, merci, c'est bientôt fini si tu n'achètes pas d'autres tickets. Nous nous sommes bien amusés, n'est-ce pas les petits coquins ? Je me colle une dernière fois à mon client, lui lèche le cou. Il ne me plaît pas, c'est à cause du picote-ment entre mes cuisses et de Fleur qui n'arrête pas de sourire et de simuler le désir à la perfection. Je ramasse mes affaires éparses au sol tandis qu'elle s'envole sans un mot. À une autre table un homme l'attend avec impa-tience. Tout va trop vite. Elle ne m'adresse pas un seul regard jusqu'à la fin de la soirée où elle me propose de la suivre à l'after du Queen avec le DJ et un ami américain, une star de la musique house.

— Je croyais que tu resterais avec le mec.

— Quel mec ? Le dernier client ? Le bouffon de tout à l'heure ?

Je me sens idiote.

Au Queen, tout le monde danse dans le carré VIP.

— Elle te plaît, Fleur ? Tu aimes les filles ? – L'Améri-cain me pose des questions sans attendre mes réponses.

Je n'ai jamais aimé une fille.

La musique brouille tout, et Fleur danse, danse encore, s'agite, ravissante, enveloppée de lumières psychédéliques. Le DJ me crie à l'oreille «Tu plais à l'Américain, il t'invite à Chicago, tu ferais bien d'y aller !». Je ne dis rien, je n'ai rien à dire. Je ne suis pas sûre de savoir ce qui se passe. Je ne sais plus, d'ailleurs, quel est mon désir. De toute façon, le rappel de la réalité me gâche la fête : dans environ six heures je dois aller au lycée. Fleur s'approche, veut un baiser à quatre. Je fais semblant de ne pas comprendre, je ne peux plus rester, il faut vraiment que je m'en aille. «Viens, on s'en va, me dit-elle, allons manger une bonne viande, ça va te requinquer.» Mais je n'ai pas faim, je tombe de sommeil. Et puis, à sept heures du matin, je n'ai pas envie de manger une entrecôte.

Fleur cesse d'insister, m'accompagne à la sortie, main dans la main comme une mère avec sa petite fille, ses lèvres contre ma joue. Elle guette la rue encore déserte, appelle un taxi, me dit «On se rappelle», sort son téléphone, l'oreille tendue pour noter mon numéro.

– Je dois m'absenter quelques jours, mais je reviens la semaine prochaine. Tu bosses, la semaine prochaine ? Il y aura des clients à moi, tu verras, on va se faire du fric ensemble, comme ce soir. Tu as aimé, ce soir ?

Je n'ai pas le temps de répondre, Fleur glisse sa main gauche autour de ma taille et m'embrasse sur la bouche. Sa langue trouve la mienne.

Un taxi s'arrête et attend.

Cette nuit, juste avant de sortir du privé, le client de Fleur s'est agenouillé à ses pieds, a léché ses hauts talons, elle ne lui a pas concédé ses orteils – « Ça te coûterait trop cher », lui a-t-elle lancé comme une vraie garce.

Moi aussi, j'aimerais être une vraie garce. Les hommes ne me font plus peur. Sans compter que, dans ce genre d'établissement où la sélection se fait à l'entrée, les clients sont obéissants, des chiens dressés qui ne bougent pas d'une oreille. Ils me font de la peine. Ils préfèrent gémir, tâter discrètement leur braguette prête à exploser, fermer les yeux pour ne pas voir ce qu'ils ne peuvent pas toucher. Il y a beaucoup d'hommes dociles, c'est surprenant. Ils payent pour éprouver ce qu'ils ne supporteraient pas en dehors d'ici. Une femme nue qui leur fait croire qu'elle va s'offrir, mais qui les nargue. Ce jeu cruel a néanmoins des vertus cachées. Dans la vraie vie, la perfection du désir est improbable. Ici, elle est possible. C'est pour ça qu'ils payent. C'est ça qu'ils achètent. Je les observe avec attention. Leurs pulsions sont absolues, leur désir hyperbolique. Dans les nombreux récits qu'ils font de leur vie intime, les femmes se refusent souvent à les satisfaire, moquent leur désir quasi quotidien d'amour et d'érotisme. Lorsque le couple est consolidé, ou après une grossesse, les femmes – disent-ils – arrêtent de se maquiller, cessent de soigner leurs peau, cheveux, ongles. Elles préfèrent jouer à la maman, deviennent intouchables. Agenouillée devant un sexe dressé que je ne verrai pas, enlacée à un homme et me laissant envahir par son regard suppliant, ardent, semblant pleurer parfois, je sais que je n'éprouverai jamais ce qu'ils éprouvent. Une fureur qui manque à la femme. Je danse nue autour de ce manque. Si la musique ne s'arrêtait pas, et la nuit non plus, si on pouvait ne pas sortir de derrière le rideau, j'irais jusqu'au bout. Je ferais cadeau à certains de mon corps. Car Rose Lee a à sa disposition un harem d'hommes. Elle peut consommer et se servir à sa guise. Que feriez-vous, femmes, de tous ces hommes prosternés devant vous, prêts à défaillir ? Vous, protégées par l'anonymat et totalement libres ? Y avez-vous déjà pensé ? L'avez-vous seulement désiré ? Ça vous fait peur, n'est-ce pas, l'idée que ça pourrait vous plaire ? Endosser le masque de Rose Lee fait de moi une femme libre. Pas de comptes à rendre. Je me le répète sans cesse pour chasser la petite honte sournoise qui s'insinue au réveil dans les premières pensées du jour : suis-je une salope ? Pendant de brefs instants, Rose Lee est le souvenir trouble de la nuit que je passe blottie entre les jambes d'hommes inconnus, leurs sexes dressés, et les mains avides, vides. Chaque réveil est une chance de comprendre, et de faire ce qui est mieux. Arrêter la mascarade, la nuit, me dire « Ok ça va, t'es très forte, tu l'as fait, tu l'as eue ta revanche, tu leur as cloué le bec à tous ces sales gamins de la cour d'école, les petits amis qui t'ont trop vite larguée, les miroirs où tu étais la fille la plus laide du monde». Mais c'est sans compter avec ma joie et le plaisir, forts comme un électrochoc. Le client, mille hommes se blottissent contre moi, totalement nue, avec la tendresse désarmante de leur impuissante excitation qui ne devrait pas me plaire, et qui pourtant me plaît. C'est ça qui chasse ma honte derrière le rideau du salon privé, dans la pénombre où je reste collée à celui qui garde ses mains sur la banquette.

Dans ses yeux exténués, je suis très belle.

4

Face au portail en panne, j'attends que le surveillant vienne m'ouvrir. Je suis en retard. Je n'ai pas entendu le réveil, enfoncée dans ma nuit où Fleur n'était pas qu'un rêve. Tant pis pour la première heure de cours. Il y a six mois, je serais arrivée au lycée avec le visage ravagé par la honte, moi, grande pécheresse repentie clamant des mea culpa. Plus maintenant. Après avoir donné un coup de fil au lycée, j'ai pris mon temps pour me préparer. Au réveil, j'ai besoin de me rappeler qui je suis et de dresser dans le désordre ma *to-do list* : porter des vêtements amples et insignifiants, surtout pas griffés, surtout pas à la mode, cheveux noués, peu ou pas de maquillage – donner l'impression d'être tout juste sortie du lit –, sourire mesuré, regard neutre, éteint si possible. Bref, endosser le rôle de ma fonction pour passer inaperçue. Pas de Rose Lee que laisseraient deviner l'accessoire, le regard qui pétille, l'anticerne qui va avec mon teint. Tous les jours, je renouvelle l'injonction, car j'ai l'impression de m'effacer sous l'emprise de la nuit.

Jo m'échappe parce que le monde de Rose Lee m'est de plus en plus familier, ses émotions dissipent la lassitude et l'amertume de mes journées. La nuit, on parle. Je n'ai jamais autant parlé. La nuit, on sourit. Dans la salle des profs, on se dit à peine bonjour, on fait la tronche dès le matin. Et le soir, vers dix-sept heures, on ne se regarde plus, trop pressés de déguerpir, fuir comme des lâches. Épuisés. Certains crachent un sourire qui leur reste entre les dents. Faire son devoir. Tenir. Pas de quoi rire, d'autant que le salaire, une allocation de plus dans l'État de droit, est à la mesure de la reconnaissance du métier. Une existence bien pauvre où je m'invente des stimulations dans la lecture des philosophes. D'où diable m'est-elle venue, l'idée saugrenue d'un bonheur de la pensée ? Je me suis habillée de concepts pour oublier mes propres misères et celles de l'existence, j'ai entonné le chant plaintif de tous les intellos – « Ah, la vie, quelle souffrance ! » Plus de souffrance, non. Me voici déshabillée : à poil, enfin. J'ai arrêté les antidépresseurs, les séances avec le psy, j'achète du maquillage, encore de la lingerie. J'ai besoin de Rose Lee, de son parfum qui m'enveloppe comme un charme, de ma nouvelle vie intérieure que j'écoute comme une musique sur laquelle danser. La nuit, c'est mon jour le plus puissant, un présent perpétuel fait d'intensité et de bien-être. La vie sans les courses, les rendez-vous et les soucis qui cassent les élans, où les êtres et le monde ont une présence incomparable.

Presque une sorte de perfection où la question métaphysique « Pourquoi ? » ne se pose plus. Le vrai luxe, le bonheur peut-être, est d'exister sans peine et sans contrainte : s'attarder autour d'un verre d'alcool, d'un jeu, d'une rencontre, pour prolonger la nuit, et se coucher, de plus en plus tôt, de plus en plus tard, lorsque la masse anonyme part travailler, ou est déjà au travail. Je les vois, et ne voudrais plus me voir, moi comme tous ces autres, s'emboîter le pas sur les quais, couloirs, escalators. Courir derrière une montre implacable, brûler les feux, perdre sa vie. Tous banals dans le costard sombre, toutes les mêmes dans le tailleur Zara, cinq centimètres de talons et les chaussures plates dans le sac. Des gens sans sourire, leur mauvaise mine de travailleurs métropolitains, souriant seulement vers treize heures, heureux d'avaler un sandwich au parc, s'asseoir sur l'herbe, regarder un peu de ciel quand il ne pleut pas. Souriant à nouveau pendant la pause café, près de la machine, la montre qui annonce la bonne nouvelle : dans deux heures c'est fini. Petite vie, petites joies.

Devant mes élèves, tout change. Rose Lee doit disparaître.

– Madame, c'est un vrai ? Dans la salle de cours, la voix de la jeune fille assise toujours au premier rang s'élève, suivie par une autre :

– Mais non, c'est une prof ! Elle ne peut pas se le payer !

Je crois savoir qui a parlé, mais je ne lève pas la tête.

Je fais semblant de ne pas avoir entendu. J'ai oublié de changer de sac. J'aurais dû venir avec ma vieille mallette, et sa vieille peau. En arrivant dans la salle des profs, quelques collègues m'ont adressé des regards en coin. Mon silence et leur stupéfaction. Je sors les notes de cours de mon sac Chanel. J'en avais tant rêvé. C'est un cadeau de Rose Lee. Il n'y a qu'elle qui peut se le permettre. Une belle paire de seins, ça fait des miracles. Je meurs d'envie de leur lancer un gros « Oui, les gars, les gonzesses ! C'est un vrai ! Et alors ? ». J'attends de la nuit qu'elle me donne un peu plus de courage le jour. Mais, en cet instant, je m'en veux d'avoir été imprudente. La peur me paralyse, ma gorge est sèche. Une prof célibataire ne peut absolument pas se permettre un sac Chanel. Pendant que je range mes notes en prenant du temps avant de démarrer le cours, je n'entends que le ridicule babillage des filles extasiées devant l'objet de nos désirs. Nez dans le cahier de textes, j'ai l'impression d'entendre leurs pensées. Ils doivent soupçonner un amant riche, se dire que je me fais défoncer et qu'après on m'offre de beaux cadeaux. Ou encore que je ne suis qu'une prof qui achète des faux sacs pour faire la belle.

J'essaie d'arrêter l'avalanche désordonnée des mots.

J'écris au tableau : « Il faut méditer sur ce qui procure le bonheur, puisque, lui présent, nous avons tout, et lui absent, nous faisons tout pour l'avoir. »

– J'aimerais partir de cette citation d'Épicure, à analyser… pensez surtout aux questions suivantes : « Suis-je responsable du fait d'être heureux ou de ne pas l'être ? Le bonheur dépend-il de nous ? Nous échappe-t-il ? » Des exemples, s'il vous plaît. Réfléchissez aux exemples.

J'ouvre la porte de la salle des profs. Tout au bout de la pièce, ça gesticule, ça parle confusément. L'attention de mes collègues s'est manifestement détournée de mon sac Chanel, ils ont mieux à faire. Je m'approche. Au milieu du groupe, il y a la jeune stagiaire de Martin, Claire Lopez : repêchée au CAPES de français. Pas assez d'admis, pas assez d'inscrits pour les centaines de postes au concours. Résultat, on prend même ceux qui n'ont pas la moyenne. Personne ne veut plus du plus beau métier du monde. Je me demande jusqu'à quand Claire en voudra. Martin ne me cache pas les difficultés de la petite à se faire respecter, les problèmes et les humilia-tions avec les élèves. Elle se prend en pleine gueule la dure réalité du métier d'enseignant, ne sait pas que cette réalité-là pourrait être la seule dans les rangs de l'Éduca-tion nationale. Claire pleure toutes les larmes de son corps. Des larmes grosses, sincères, parce qu'un de ses élèves, et pas n'importe lequel, son élève préféré, l'élève rebelle qui à chaque fois revient pour se faire pardonner, écoute à nouveau, apprend la leçon qu'il oubliera ensuite, celui-là donc, après un énième rappel à l'ordre, lui a lancé, désinvolte : « Suce ma bite, connasse ! » Claire s'est décomposée devant la classe qui hurlait, et lui, il a pris la porte.

La CPE fait irruption dans la salle des profs. Elle pose gentiment une feuille sur la table, la pousse devant Claire qui lui adresse un regard interrogateur.

– Je préférerais que vous y réfléchissiez à tête reposée...

– Réfléchir à quoi ?

– À votre plainte...

– Y a-t-il un problème de formulation ?

– Je vous exhorte à la retirer...

– Mais...

– Je connais bien cet élève. Il n'est pas méchant...

– Oui, mais...

– Et puis – elle s'approche de plus en plus de Claire pour parler moins fort – il vit une situation familiale très délicate.

– Je vois, mais...

– Il vaut mieux ne pas être dans le répressif, vous comprenez ? Et j'ai même envie de vous dire – elle raccourcit encore la distance entre elles, sa voix n'est plus que chuchotement persuasif et mielleux, je tends l'oreille – vous êtes trop jolie !

Le petit groupe se désagrège. Les collègues sont soudainement en retard, tout le monde se presse en direction de son casier, le couloir, la machine à café, des copies à corriger. Martin arrive à ce moment-là, allonge le pas vers sa stagiaire. Dès que je vois sa tête, je comprends qu'il est au courant. Il embrasse Claire, salue la CPE et lui tend la feuille qu'elle a posée sur la table.

– Je pense que vous devriez la prendre. Mlle Lopez a fait ce qu'il faut faire dans ce genre de situation. Plus personne n'est en charge de la discipline, il faut bien réagir, non ?

– Réagir ? Moi, je ne suis pas là pour ça ! Je ne suis pas flic !

– Personne n'est plus là pour ça, madame, c'est bien pour cette raison qu'il faut reprendre cette feuille et faire suivre.

La CPE se tait, pose à nouveau la plainte de Claire sur la table et sort de la salle des profs. Mlle Lopez n'est pas au bout de son calvaire. Martin ramasse la feuille, lui dit « Je vais m'en occuper ».

Il s'éloigne bras dessus bras dessous avec sa stagiaire. Il a eu le temps de m'adresser un signe de la tête. Parfois, j'ai l'impression de déceler des éclairs de concupiscence dans son regard. Exactement comme en ce moment, avec Claire, tandis qu'il prend son bras pour l'enlacer, la consoler peut-être. Une étincelle qui lui échappe comme un cri.

5

Accoudé au comptoir, il est avec une fille brune qui n'arrête de rire que pour vider des coupes de champagne, et deux garçons. L'un d'eux lui explique un cocktail :

— Tu prends de la liqueur de café, de la vodka... et juste deux doigts... deux doigts pas trop vicieux de... lait ! – Il secoue son paquet de cigarettes comme il ferait avec un shaker. – Après... c'est dans le trou.

Je vais les voir. Celui que j'ai remarqué en premier s'appelle Cédric. Nous faisons connaissance, il se raconte sans trop attendre. Il tient un bar-restaurant à proximité de la butte Montmartre. Avant de se mettre à son compte, il a gagné sa vie grâce à la danse, et au striptease. La vie des artistes, il en parle avec des paillettes dans les yeux, et de la franchise. Dans les coulisses les échanges étaient de toute sorte. Des femmes bien plus âgées que lui proposaient souvent de l'argent.

Sa jeunesse ne manque pas d'assurance. Je le quitte le temps de mon passage sur scène, le retrouve immédiatement après, négligeant la foule, les clients qui veulent des danses. J'accepte que Cédric et ses amis me ramènent chez moi, et me laisse glisser avec eux dans l'abandon effervescent qui suit la nuit. À sept heures du matin, dans un café qui vient d'ouvrir, je suis tellement heureuse. Je reste avec Cédric et les autres, une glace pour moi, coupes de champagne et cognac pour eux. Je n'ai pas du tout sommeil. J'ai seulement envie d'être là où je suis, assise à cette terrasse de café avec eux en attendant l'heure où ils devront partir travailler.

De retour chez moi, je mets la rose rouge que Cédric m'a offerte dans un vase. Je sors de mon sac l'argent, quelques cartes de visite, un numéro de téléphone sur un bout de papier, ma trousse de maquillage. Les clients achètent parfois des roses rouges au vendeur indien et les offrent aux femmes de leurs rêves. Les fleurs sont le prétexte pour griffonner un petit mot avec numéro de téléphone sur un bout de paquet de cigarettes, du PQ, ou sur un billet de cinq ou cent euros. Au petit matin, les filles descendent dans les loges, foutent à la poubelle roses, mots, numéros. Elles gardent l'argent. Moi aussi j'ai tout ça : fleurs, mots, argent. Mais moi, je garde tout. Les mots et les cartes de visite finissent dans une boîte bleue rangée dans mon armoire entre T-shirts et culottes.

D. D., assistant commercial ; J. F., producteur de films ; D. M., avocat à la cour ; P. P., conseiller en gestion de patrimoine indépendant ; A. X., loueur de véhicules avec chauffeur ; F. F., directeur commercial ;

T. V., photographe ; G. S., chirurgien-dentiste ; L. S., ostéopathe ; K., coach physique mental ; etc.

Tous ces hommes ne m'intéressent pas, ou ne m'intéressent que très rarement. C'est leur nombre qui m'intéresse, souvent leur histoire. Je comptabilise pour savoir, un jour, combien d'hommes j'aurai rencontrés, à combien de fantasmes je me serai cognée. Parce que la nuit, l'homme est un livre ouvert.

A... n'a pas touché une femme depuis son divorce. Il ne bande plus. Il a peur des femmes, vient ici pour se soigner.

B... a été gigolo. Aujourd'hui, il vit avec l'homme de sa vie. « Les femmes m'ont massacré », dit-il.

C... aime sa femme, parle de ses enfants, me montre les photos de toute sa famille, ce qui ne l'empêche pas de me décrire avec précision le corps et le sexe de sa maîtresse. Il la voit au moins une fois par semaine.

D... est timide, achète une danse mais ne veut pas que je danse. Il a eu seulement deux femmes dans sa vie. Son rêve, c'est d'avoir une petite fille et de l'appeler Samia.

E... ne veut pas de danse. Il dit « Ça ne me plaît pas tout ça. Tous ces corps nus ». Je lui parle philo, il se sent mieux, me dit qu'il est étudiant en médecine, il veut être urgentiste. « Je crois que j'ai déjà vu trop de corps nus, dit-il, et le corps c'est sacré. »

F... a neuf enfants avec quatre femmes différentes.

« J'assume, dit-il. J'en ai un avec une call-girl. Je connais les femmes comme vous. »

G... est un passionné de Spinoza. Au début, il ne croit pas que je suis une stripteaseuse philosophe. Ou une philosophe stripteaseuse. Mais ça lui donne encore plus envie de lécher ma chatte. Il a été fidèle à sa femme pendant neuf ans. Puis, elle a arrêté de s'occuper de lui. Aujourd'hui, il a quatre maîtresses dans le monde – il voyage. Il porte un costume en cachemire. Du sur-mesure, sept mille euros.

J... dit « Ici, c'est le rêve. Tu demandes à ta femme : "Ma chérie, tu veux bien mettre une petite robe sexy et me faire un strip ?" et tu reçois le fer à repasser dans ta gueule ! ».

K... est fou de Coquelicot. Il s'est marié le mois dernier. Sa femme l'a déjà appelé douze fois en une soirée ! Il dit qu'elle est casse-couilles, il a envie de l'envoyer chier.

L... dit qu'en dehors d'ici jamais une femme comme celles qui dansent ne viendrait lui parler. Les autres filles, celles que les hommes rencontrent dans la rue, dans la vie, ça n'a rien à voir. Il n'a jamais touché de femmes aussi parfaites que nous.

M... demande « S'il te plaît, tu peux me dire ce qui s'est passé dans ma tête ? Je ne suis pas content d'être venu ici, c'est trop magnifique. Vous vous rendez compte que vous êtes le fantasme numéro un de tous les mecs ? ».

N... a été légionnaire plus de quinze ans, il connaît

par cœur la forêt d'Amazonie, c'est là qu'il a servi pendant longtemps. Trois ans de guerre en Yougoslavie, il ne croyait pas que l'homme pouvait arriver à tant de barbarie. Aujourd'hui, il fait de l'exploitation forestière en Amazonie et respecte les arbres. On ne coupe pas un arbre s'il n'a pas quatre-vingts ans. Il aime qu'on lui caresse les tétons.

O... pleurniche «Je ne veux pas bander ! Non, je ne veux pas ! Quelle opinion tu vas garder des hommes ? Nous sommes tous pareils, des sales machos. Tous des queutards. Je ne veux pas te blesser. Bander ici, c'est irrespectueux ! ».

P... voudrait que je mette des collants. Il aimerait les arracher, veut me payer deux heures de salon privé.

Q... dit qu'il n'en peut plus. Sa femme ne le suce plus du tout, ne fait plus l'amour. Obligé d'aller voir des prostituées pour se sentir un peu homme. « J'ai besoin qu'on s'occupe de moi ! » me crie-t-il à l'oreille.

R... veut plus. Je lui dis que je ne fais pas plus. « Pourquoi tu ne le fais pas ? Je ne comprends pas. Qu'est-ce que ça change ? C'est pareil, non ? – Non, ce n'est pas pareil, danser et se laisser pénétrer, lécher... – Mais je vais te donner beaucoup d'argent ! – Ce n'est pas pour l'argent... – Et alors, c'est pour quoi ? Y a-t-il autre chose que l'argent ? »

S... dit «Je vais être franc avec toi. Tu me fais grave bander. Tu me dis combien, ce n'est pas un problème. Tu es une vraie femme, tu m'excites trop. Je vais t'honorer, je suis dur comme un cheval... je vais te lécher partout, je te jure ». Il a vingt-deux ans.

T... cache son fantasme dans une mallette, au fond de la cave. Des jupes en latex, des escarpins taille 43, des chaînes. De temps en temps, il dit qu'il sort avec ses potes, mais il va dans des soirées sadomasos. Il cherche une maîtresse, une dominatrice. Il est marié depuis douze ans. Sa femme ne se doute de rien.

U... dit « J'aime quand ça pointe ! C'est pour moi ? Je t'excite, c'est ça ? J'aime aussi les gros clitos, qu'il y ait de la chair, quoi. De grosses lèvres... Et toi, tu as du matos ? ».

V..., enfant, était souvent puni par sa mère. La fessée, ses larmes et la main qui allait chercher la culotte de maman sous le jupon. L'odeur du sexe de sa mère, son plus beau souvenir.

W... n'a jamais avoué ses véritables envies sexuelles à sa femme. Il a suffisamment d'argent pour payer des professionnelles et se faire sodomiser.

X... aime toucher les aisselles d'une femme quand elle transpire. Ce qu'il préfère, lui faire l'amour après son sport.

Y... veut que je lui dise des mots doux, comme si j'étais amoureuse de lui, et que je le regarde dans les yeux, sans danser. Un regard qui dise « Je t'aime ».

Z... reste immobile pendant la danse. Après, il pleure. Il me dit « C'est impossible, un homme ne peut pas avoir une seule femme ».

Les hommes, lettres d'un alphabet que je ne connaissais pas et que je veux à présent connaître. Je sais désormais que les hommes parlent d'amour, mon ivresse c'est aussi leurs mots : « Tu as le visage de l'amour... Je voudrais être la barre quand tu danses sur le podium... Tu me fais peur... Si j'étais une belle femme je ferais comme toi : je ferais bander les hommes... Tu es une voleuse, parce que ce sourire-là tu l'as volé au paradis... Il serait possible d'avoir un de tes strings en échange d'argent ?... Le plus frustrant ce n'est pas de ne pas te posséder, mais que tu fasses ça pour moi sans que je te connaisse... Mais tu es vraiment comme ça quand tu fais l'amour ?... Ce que vous faites, ça devrait être remboursé par la Sécu... Je peux me toucher ?... Je voudrais que ma femme fasse ça pour moi à la maison... C'est combien de tickets pour jouir ?... Je peux embrasser tes pieds ?... Si j'étais une femme, je serais une salope... Mais vous n'êtes que le rêve d'un soir ! On n'a pas le droit de tomber amoureux de vous... Je ne suis pas sentimental avec les femmes, elles sont terribles... Tu fais quoi le week-end prochain ? Je connais une très belle église. Tu veux m'épouser ? »

Dans le brouhaha des mots mâles de la nuit, je ressens parfois le besoin de m'extraire pour regarder l'inlassable manège, l'affolement des coureurs, les virevoltes des clowns contre l'accoutumance à l'ennui, les saltimbanques nus, ou en passe de l'être. La barre à laquelle on s'accroche comme au pilier du temps, et sans cesse du spectacle. Les soubrettes qui reviennent inlassablement tirer la veste d'hommes aveuglés qui tournent en rond, carte bleue à la main. La fin des temps est repoussée au lendemain. Dans l'attente, ici on danse.

Au milieu de cette foule anonyme, un seul être m'oblige à la contemplation. Il est souvent là, un infatigable fêtard qui lève son verre en guise de victoire. Des dizaines de victoires qu'il s'envoie de la même façon, méthodiquement, sans plaisir ni déplaisir apparents. L'air d'être chez lui, il monte parfois sur le podium, sans que personne du staff s'en étonne. Il imite les danseuses, prend des poses lascives, et se flanque aussitôt une gifle. Ses cheveux sont mi-longs, il joue avec. Deux blessures immenses d'un vert diaphane traversent son visage : impossible de dire si ce sont réellement des yeux. Un regard à se perdre dans son vide. Je n'ose pas l'approcher, même si quelque chose en moi en meurt d'envie. De rares filles vont l'aborder pour obtenir une danse, mais sans succès. D'autres le toisent avec stupéfaction, retranchées derrière un mutisme fait d'incompréhension ou de répugnance. C'est un être oublié, s'oubliant dans une bouteille, dans l'affolement de ses gestes, et toujours après deux heures du matin.

C'est lui, cet homme à l'inquiétante beauté, qui commence à peupler mes nuits où tous les autres deviennent tristement ordinaires.

6

Dans une demi-heure, j'ai rendez-vous avec Martin. Je suis épuisée, mais je lui ai promis qu'on se verrait après son inspection. C'était ce matin, j'espère qu'il s'en est bien sorti. Je prends un autre café, le quatrième je crois. Sans sucre, le café du distributeur a un goût de moisi qui me réveille infailliblement. Ça monte jusqu'à mon cerveau avant de redescendre et se dissiper dans l'eau froide que je m'empresse de boire. Vite, faire quelques pas. Bouger aussi, ça réveille. J'ai dormi seulement trois heures. Dans la glace des toilettes, je ne vois que le noir de mes cernes. Je remets une couche de maquillage mais j'ai pourtant l'impression que rien ne peut dissimuler l'excitation de la nuit blanche et les petites ridules qui se multiplient. Aujourd'hui, je vais offrir à Martin *Mr Gwyn* d'Alessandro Baricco. Il a déjà lu *Océan mer*. *Novecento* aussi. Ça nous fait des sujets de conversation. Sans lui, je serais définitivement perdue au lycée. Un peu comme aujourd'hui. Trop fatiguée, j'ai oublié mon casse-croûte, ça m'oblige à manger à la cantine. Je m'y dirige comme la bête à l'abattoir. Les repas sont tristes sur les tables en contreplaqué aux coins émoussés, les carafes ébréchées et les verres petits, les pâtes trop cuites et sans sel. Les profs, écoliers assis sur des petites chaises, serrent leurs culs. C'est une grande mâchoire en mouvement, toute cette humanité qui finit par broyer, avec la nourriture, tout enthousiasme. Ce qui me fait le plus peur, c'est d'être comme eux. Assis à la cantine du lycée, nous ne sommes que des femmes et des hommes rassemblés par l'étalage obscène de notre manque de volonté et de passion. Sur nos visages, dans nos discours, l'absence d'une quelconque intensité. J'espère toujours surprendre quelque chose de vivant, colère ou joie, peu importe, pourvu que ce soit de la vie. Les condamner, ça soulage mon petit moi. Moi, différente de tous les naïfs qui sentent avoir déjà gagné le combat de l'homme noble contre la pauvreté d'esprit, et se destinent au long fleuve tranquille du bonheur. Ceux-là, je les félicite avec mépris. Les autres n'y ont jamais pensé, au bonheur. C'est ça, la réalité qu'on me sert dans une assiette en plastique. Je bouffe du mépris en regardant mes collègues qui avalent, avalent tout, parlent des élèves, et des méthodes. Du programme, et des conseils de classe. Ils exultent pour l'heure supplémentaire qui rapportera un peu d'argent à la fin du mois. Ils ont déjà sous le bras les copies à corriger dans le train ou le métro. Pour ne pas participer à leurs conversations et me dire que je ne suis pas comme eux, je tourne la tête, je m'évade dans des pensées adressées aux espaces ouverts, aux arbres dans le jardin. Une fenêtre suffit pour avoir la vie sauve. Je fais semblant de ne pas entendre Stéphane, assis face à moi, discutant avec les collègues de la possibilité d'établir l'égalitarisme parfait dans l'école française :

— Il faut supprimer les matières qui ne sont pas fondamentales... tu ne crois pas, Jo ?

En m'interpellant il m'oblige à tourner la tête vers lui, les autres.

— Qu'est-ce qu'une matière fondamentale, Stéphane ?

— Eh bien, par exemple, la biologie est une matière fondamentale, c'est universel, nous partageons ce savoir avec toute l'humanité...

— Donc on va enseigner la musique et pas le français, l'anglais mais pas l'histoire de France ?

— Bien vu ! s'exclame Martin qui vient de débarquer. De toute façon, on nous annonce la fin de l'enseignement. Vous le savez, n'est-ce pas, que nous sommes voués à l'extinction ? Si j'en crois les comptes rendus de ma stagiaire, bientôt il n'y aura plus que des éducateurs, des techniciens.

Il m'embrasse sur la joue, m'invite à le suivre.

— Comment s'est passée l'inspection ?

— Très bien, pour ce qui me concerne. J'ai fait cours comme d'habitude, comme je l'entends.

— Je vois, tu n'as utilisé que des classiques.

— L'inspectrice m'a reproché, oui, un certain manque

d'originalité. Car, tu comprends, la littérature, ce n'est pas original, et il y a de la fadeur dans ce qu'elle a appelé l'«abus du classique». Elle m'a rappelé qu'«il importe d'ouvrir l'école à toutes les formes de culture, sans exclusion...». Et pourquoi je n'ai pas utilisé la BD ? Car «il faut se rapprocher de la pratique culturelle des élèves et dans cette perspective qu'importent le support et le contenu. *Star Trek* ou Proust, c'est pareil, si ça peut les faire travailler sans trop d'efforts, car c'est à vous de vous mettre à leur niveau...».

— C'est ça, Martin, l'époque où nous avons à apprendre de l'apprenant, l'époque de la nouvelle école européenne libérale-libertaire s'appuyant opportunément sur le goût persistant du sacerdoce chez les profs au service de l'enfant-roi...

— Exactement ! À un moment donné, j'ai repris un élève, il était en train de s'affaisser sur sa chaise et de tomber peut-être, à moitié endormi. Et tu sais ce qu'elle m'a dit ? Qu'«il faut veiller à l'expression de leur spontanéité». Elle était perplexe, n'avait pas bien saisi quelle «compétence» j'avais cherché à «valider» chez mes élèves et s'est donc lancée dans un interminable discours sur les moyens d'acquérir la connaissance, en me rappelant surtout que «ce n'est pas la connaissance qui compte mais la validation de la compétence». Elle s'est excitée sur la sacro-sainte utilisation de l'image. Je n'ai pas pu m'empêcher de lui dire que les vies de nos jeunes esprits boiteux étaient déjà trop bien remplies de simulacres.

– Tu as osé ?

– Oui, mais elle m'a vite interrompu pour me rappeler que j'étais là pour faire ce qu'on me demandait de faire, même si ça ne me plaisait pas, que j'étais là pour leur montrer les « bonnes images » et que celles-ci servaient à illustrer les obscurités de la pensée qui est inaccessible, car « c'est quand même pas simple de lire Gide, et même pour nous, adultes cultivés, les pièces de théâtre aussi sont souvent rébarbatives, elles ne se prêtent pas à la lecture... ». Tu veux que je me sente comment, après ça ?

– Martin, décidément, il n'est pas facile de prendre les choses pour ce qu'elles ne sont pas. Il ne nous reste qu'à nous suicider un peu.

– Allez, je retourne à mes copies et à l'activité bénévole. Immoralité du devoir : il avait exclu cette possibilité, Kant, n'est-ce pas ?

– Totalement.

Puis j'ajoute :

– Attends, je ne l'ai pas mis dans ton casier, c'est ton cadeau. Baricco.

– Merci Jo. Que serions-nous sans tout ça ?

Martin m'embrasse sur la joue, serre en même temps la main qui lui a tendu le livre. Je le regarde s'éloigner, portant la main qu'il a serrée à mes narines. Je crois que son odeur me plaît. Ça me plairait aussi de me coller à lui, je crois. Mais comment avouer à l'homme de lettres estimé que je montre mon cul plusieurs nuits par semaine pour faire bander les hommes et en tirer beaucoup d'argent ? Le décalage m'apparaît dans toute sa crudité. Rose Lee ne plairait pas à Martin. Elle réveillerait le pourceau qu'il étouffe à coups de poésie. Je l'ai surpris à lorgner ma poitrine une seule fois. Ça m'a plu. Mais Martin cède à la tentation de l'ange, ne parle que des « soupirs de la sainte » et des « cris de la fée ». Il s'obstine dans la métaphore et l'euphémisme pour fuir la laideur du monde. Je l'imagine mal se laisser aller aux sensuelles bestialités. Et pourtant, le poète aussi fléchit sous le fardeau qu'il porte entre ses jambes. D'ailleurs, la littérature ne parle que de ça. Et s'il me voyait, presque nue, sur le podium ? Peut-être ne me reconnaîtrait-il pas. Les yeux de Rose Lee sont noirs de khôl et de mascara. Elle change de coupe, met des postiches, lâche ses cheveux. Rose Lee porte un serre-taille. Sa peau est veloutée, son dos cambré, ses seins dévoilés avec ardeur. Rose Lee peut être mille autres. Ce n'est pas moi.

Je vais vite prendre mes affaires, ranger le spécimen d'un nouveau manuel envoyé par une maison d'édition et rentrer chez moi. Dans mon casier, une enveloppe verte est posée sur le tas de papiers administratifs.

Drancy, le 10 décembre 2005

Chère Madame,
Merci. Votre réponse est super! Vous m'avez rendu heureux, si vous saviez. J'ai hésité avant de vous écrire. J'ai un problème, mais je ne peux pas en parler avec mes amis. Je peux pas leur dire que je m'intéresse à la philosophie pour résoudre mes problèmes. Pas la peine de vous expliquer, vous comprenez tout.
Vous dites que la philosophie vous a appris qu'il y a des idées qui sauvent. Quelles sont ces idées, Madame? J'ai lu et relu votre lettre, mais je ne vois pas. Mais vous pouvez m'aider, c'est sûr. Je me lance. Il y a deux ans, j'étais en seconde avec une fille qui s'appelle Anne. Elle a déménagé avec sa famille et elle s'est inscrite dans un autre lycée, du côté de Sceaux, je crois. Nous étions vraiment amis, elle m'a souvent aidé à travailler. Je pense que vous avez compris la suite. En fait, il n'y a pas de suite, le problème est là. Je crois qu'elle me plaît mais je n'ai jamais osé le lui dire, elle m'intimidait trop. J'ai été lâche, je ne suis même pas allé à la fête qu'elle avait organisée avant son déménagement. Je m'en veux. Ça fait deux ans que je m'en veux. Qu'est-ce que la philosophie pourrait faire pour ça? Je ne vois pas du tout.
Merci Madame.
Hadrien

Paris, le 12 décembre 2005

Cher Hadrien,
Tu m'en vois ravie ! Un peu flattée aussi, je l'avoue. Si ma lettre a généré de l'enthousiasme et l'envie d'aller plus loin, je suis très heureuse de t'accorder du temps et d'essayer de répondre concrètement – cette fois-ci – aux problèmes que tu soulèves.
La philosophie parle par concepts. Plus radicalement, la philosophie est la création de concepts, sa manière d'avancer est abstraite, elle ne parle pas directement des « choses de la vie ». Elle essaie plutôt de les théoriser. Pour aller directement au cœur du réel, il faudrait plutôt lire de la littérature. Il n'y a pas meilleure éducation. Mais parlons philosophie ! J'en viens donc à ton problème. Tu souffres d'un regret : ne pas avoir dit ton amour, ne pas avoir agi pour essayer de savoir si ton sentiment était partagé. Je comprends quel est le poids à porter. Tu pourrais oublier – mais sommes-nous capables de provoquer l'oubli ? Je n'en crois rien. En lisant ta lettre, c'est une très belle phrase d'un penseur stoïcien qui m'est tout de suite venue à l'esprit. Marc Aurèle, tu t'en souviens ? Nous en avons parlé en cours. Il s'agit de l'affirmation suivante : « Ce qui dépend de toi, c'est d'accepter ou non ce qui ne dépend pas de toi. » À présent, tu es victime d'un sentiment d'échec : « J'aurais dû, mais je ne l'ai pas

fait. » *Soit. Or, si nous réfléchissons au sens de la phrase de Marc Aurèle, deux options s'ouvrent à toi. Primo, le passé est passé, il ne dépend plus de toi, mais il dépend de toi de l'accepter ou pas. Autrement dit, si tu t'obstines à ne pas accepter ce que tu n'as pas fait, tu ajoutes de la colère à ton regret. L'accepter, c'est exercer le pouvoir de ta volonté sur tes pensées, apaiser le regret et la tristesse qui en dérive. Secundo, s'il ne dépend pas de toi de changer le passé, il dépend de toi d'agir sur ton présent, non seulement par la réflexion, mais aussi par l'action. Plus clairement, il n'est pas trop tard pour contacter Anne, lui demander un rendez-vous, ou que sais-je. Quand elle est possible, l'action est une manière d'exercer notre pouvoir sur le cours des choses et donc sur notre vie. Les conséquences de l'action ne sont pas toujours prévisibles et ne dépendront pas entièrement de toi (il faudra donc recommencer l'analyse, refaire pour ainsi dire un travail de réflexion), mais il dépend de toi, aujourd'hui, d'accepter ou pas le passé et d'agir ou pas au présent.*

Sincèrement,
Joséphine

7

Andrea m'a attribué un casier qui vient de se libérer. C'est comme une promotion : Rose Lee a son nom affiché dans les loges. J'ai enlevé l'autocollant avec le nom d'Electra qui s'est fait virer. Lors d'un salon privé, elle avait essayé de mettre hors service la caméra de surveillance. Electra avait oublié que l'œil ne cesse jamais de nous regarder. Certaines danseuses sont tentées de promettre aux clients ce qu'elles ne peuvent leur donner. Fleur n'aimait pas Electra, l'avait déjà vue enfreindre le règlement. « C'est bien fait pour elle, m'a-t-elle dit, elle était conne et s'est fait prendre. »

Cela fait environ un mois que je suis Rose Lee. Pas mal pour quelqu'un qui ne devait pas commencer et qui n'a fait que retarder son départ. J'ai commencé. J'ai continué. Et là, ça tombe mal, on me prend par les sentiments. Avoir un casier, c'est faire partie de la famille. Voilà qui me touche. Sans compter que j'ai décidé de me laisser encore les vacances de fin d'année. Ça fait une éternité que je n'ai pas profité des soldes du mois de janvier. J'ai des bottes à acheter, un manteau, des draps, une nouvelle lampe pour mon bureau, des lunettes. J'aimerais partir pendant les vacances de février. Je pense à une destination exotique, du soleil en plein hiver, un nouveau maillot de bain. Au dernier étage des Galeries Lafayette, toute l'année on a un vaste choix de maillots. C'est ça aussi, le luxe : du soleil, douze mois sur douze. Tout ce qu'un petit fonctionnaire ne peut pas se payer, sauf s'il a opté pour une carrière d'enseignant expatrié à Tahiti, à l'île Maurice ou aux Antilles. Je suis plus riche qu'une prof expatriée, sauf que je n'en ai pas le droit. Le fonctionnaire ne peut pas cumuler emploi public et activité privée lucrative. Ça s'appelle « obligation de l'exercice exclusif de la fonction ». La loi n° 83-634 du 13 juillet 1983 est formelle. Le mois dernier j'ai loué un coffre à ma banque, je n'y mets que des billets de deux cents et cinq cents euros. J'adore faire des petits paquets jaunes et roses. À chaque fois, j'en ai la chair de poule. C'est un plaisir incomparable, mais je sais que ça ne durera pas. En plus des pourboires, je perçois un salaire par virement bancaire. La voilà la preuve de l'exercice d'un autre métier. La réalité apparaîtra sur ma feuille d'imposition, et sans aucune ambiguïté. Je serai obligée d'arrêter. Ce n'est pas tenable le grand écart entre le jour et la nuit, le secteur public et le privé. Jo va se faire piéger par Rose Lee. Cela fait des années que je réfléchis à une reconversion. Mais, hormis prof, que faire avec un master 2 en philosophie ? Stripteaseuse ?

Je me donne encore un peu de temps. Cette nuit je porte cette jolie robe transparente et me moque de la soi-disant obligation de moralité : « Dans sa vie privée, le fonctionnaire est tenu à un comportement empreint de dignité et ne doit pas choquer par son attitude. » Plutôt envahissante la fonction. Main dans la main avec Fleur, je monte à l'étage.

Sur scène, c'est le tour de Sharon. Fleur me souffle à l'oreille :

– T'as vu ? C'est son nouveau cul. Tu te souviens ? Elle était dégueulasse avec son bide ! Grossir pour se faire mettre de la graisse dans le cul ! Comment elles vont faire les meufs quand les gros culs ça ne sera plus à la mode ?

– Peut-être que ça va dégonfler...

– Elles ne se dégonflent pas, les nanas comme celle-là.

Un client appelle Fleur qui me quitte. Ça démarre tôt, ce soir. Je cherche Coquelicot pour commencer avec elle. Ensemble, on est plus fortes, on a le courage d'aller draguer les clients, même sans avoir bu. Nous allons aux tables sans y être invitées. C'est le jeu, ici. Les hommes aiment ça, enfin débarrassés d'avoir à faire le premier pas. Un premier pas toujours dissimulé. Nous échangeons les rôles et tout est plus simple, la communication est codifiée, on parle enfin la même langue. Parfois nous sommes complices, l'un otage de son désir, l'autre prise au vertige de sa séduction.

Être cette femme-là, c'est jouer avec l'homme. Lui offrir du rêve, mais être la seule à en profiter. Il y croit, elle acquiesce. Il demande, elle temporise. Il attend, elle s'en va. Parfois, il paye beaucoup pour qu'elle lui fasse la conversation, souriant pendant qu'elle boit sa bouteille de champagne. D'autres fois, il croit acheter quelque chose. « Je te paie », dit-il. Oui, il la paie pour connaître le plaisir de ne pas l'avoir. Et ce sera sublime, c'est elle qui le lui a promis. Il s'assoit, se prépare à ne jouir de rien, et redemandera du sublime car elle est la professionnelle qui se décarcasse pour lui donner le plaisir qui n'en finit pas. Mais ça coûte cher. Payer pour ne pas toucher. Payer pour ne pas voir. Payer pour que ça manque. Ça met en découvert bancaire. La stripteaseuse, comme le néant. Pire qu'une prostituée. Mais lorsqu'il rentre chez lui, il est rassuré. Le lit est chaud, sa femme dort. Lui, il a eu du rêve. C'était vrai, comme le plaisir de se branler dans la salle de bain. Heureux de ne pas avoir consommé, il n'a pas trahi sa femme, non.

La boucle est bouclée. Le spectacle est fini.

Ça recommencera inlassablement.

Il reviendra, et adorera l'exhibition de la danseuse comblée, face au miroir où elle est celle qu'elle voulait être. Elle, en tant que femme. Elle, en tant qu'homme. Quand la femme danse, c'est toujours en tête à tête avec elle-même. Le plaisir ne se partage pas : ça fait partie des intransmissibles. Pourtant, lui là, il croit qu'elle danse pour lui. Parfois même il pense qu'elle le désire, ou qu'elle est tombée amoureuse de lui. L'illusion est si parfaite qu'il préfère croire qu'elle est une menteuse lorsqu'elle nie gentiment. La vérité est qu'elle le fait fantasmer pour payer ses futurs voyages, ses nouvelles fringues, ses draps de soie. Tous deux comblés derrière le rideau du salon privé, leur jouissif huis clos.

Je démarre avec un banquier qui aime lire de la poésie. Il regrette de ne pas pouvoir faire ce qui lui plaît le plus dans la vie : lire, écrire et voler. Il n'a pas voulu faire payer à ses parents le brevet pour devenir pilote, il a fait le choix de la prudence, de la sécurité. Il songe à quitter son travail. Non, il ne le pourra pas. Il va être papa. C'est prévu pour la semaine prochaine. Il répète «Je ne suis pas marié, non. Je ne suis pas marié».

Vers deux heures du matin, je descends dans les loges. C'est l'heure de mon casse-croûte. À mon retour dans la salle, je crois apercevoir l'homme aux yeux verts mais ce n'est pas lui. Quelque chose me froisse. Je n'ai plus envie d'aller chercher des danses, de l'argent. L'arrivée de Cédric m'est providentielle. Je lui saute au cou :

– Tu viens me libérer ! Merci.

– Je ne sais pas de quoi je te libère, mais tu n'as pas intérêt à disparaître… je veux te regarder, moi tout seul.

À la fermeture, je le suis sans hésiter.

Plus tard, j'appelle la secrétaire du proviseur pour prévenir de mon absence. Je décide de démarrer les vacances un jour à l'avance. Face à la jouissance, le scru-

ON NE TOUCHE PAS

pule s'évapore. À présent, tout est clair. Joséphine,
petite lâche, cherche sa rédemption. Je suis encore Rose
Lee avec Cédric, après la nuit, sans chaussures à talons,
sans tenue de scène, mais encore pour la fête. Nous
allons à son restaurant, heureux de la musique, de la
cuisine où les poêles chantent la bonne chère, et les
gâteaux sortent du four. On boit du champagne, on
mange de la salade, il prépare des pavés de bœuf au
poivre. C'est sa recette improvisée contre l'épuisement
de la nuit. Et rien à faire, sinon se faire du bien : être
Rose Lee arrêtant les rayons du soleil, continuant la nuit,
le jour. Le suivre tous les matins, jusqu'à ce que dure le
plaisir partagé. Rose Lee se laissant prendre dans les
baisers de Cédric, Rose Lee aimant rester avec lui, dans
son lit derrière la cuisine du restaurant, se réveillant avec
l'odeur des croissants chauds qu'il achète pour elle. Les
clients déjà là, je croise le regard complice du cuisinier,
et m'assois à la table juste à côté du comptoir. Ma nouvelle place dans la vie. Je regarde Cédric, et pointe tout
mon corps vers lui pour qu'il me caresse.
Il me sert un café serré.

Quelques filles m'ont dit ne jamais se retourner dans
la rue à l'appel de leur nom de scène. Pour ne pas risquer de l'entendre, elles disparaissent derrière des
lunettes de soleil – qu'elles portent même en hiver – ou
sous des casquettes, emmitouflées dans des écharpes,

123

des foulards. Plus de paillettes. Plus de masque. Des visages sans éclat, aux traits tirés, la dernière cigarette aux lèvres. Elles filent vers leur voiture, un taxi, pressées de rentrer quand elles ne prolongent pas la nuit avec le costume de la fête. Moi, il m'est arrivé de m'endormir avec du maquillage, d'enchaîner quelques heures de cours avec des paillettes sur les joues, de caresser mes cheveux dans la rue et de sourire à quelques passants. Mon corps, je l'explore comme celui d'un nouvel amant. Entre mes mains, de l'argile. Je l'ai longtemps détesté. Aujourd'hui, il est ma fête. Et pas seulement lorsque j'use de mes charmes sur celui qui veut bien y succomber. Ou lorsque je suis sous les projecteurs, face aux miroirs et à la parfaite illusion. Ce n'est que mon corps. Il n'est pas sans défaut mais Rose Lee l'a rendu désirable. Elle a ce qu'il faut pour plaire et oublier la honte. Ce quelque chose qui ne plaît pas qu'aux hommes. Avec les vêtements, j'ai laissé tomber Jo. J'ai poussé l'ordre moral du haut de la falaise. Il s'est cassé la gueule comme il se doit. Pour ce qui me concerne, la plus belle chute est celle de mes reins. Et puis merde ! Enfin, je sais dire « Merde ! ». Merde, la cantine ! Merde, le sérieux ! Merde, les élèves ! Merde, l'agrégation ! Merde, Descartes ! Le corps n'est pas une chose, mais la chose qui pense. Et surtout, surtout arrêter de bien parler. S'autoriser une inculte légèreté. Ne plus intellectualiser, parce que ça fait débander. Rose Lee n'a pas besoin d'équivalence bac + 5. Je suis devenue Rose Lee pour que la culture ne soit plus l'instrument de mon mensonge. Pour cesser de me cacher derrière une culotte en coton à petites fleurs roses d'où les poils pubiens débordent comme des mauvaises herbes. Quels seront mes désirs si je ne suis que Jo, gros nichons et regard baissé sur mes bourrelets ? Ce ventre gainé par le serre-taille n'est plus celui de Jo. Ce sexe sans poils non plus. On se regarde enfin, lui et moi, les yeux fixés dans le miroir. Je laissais faire quand on le regardait, mais je ne voulais pas le voir. Je ne pouvais pas deviner le rose de la chair, les plis des petites lèvres, cette façon à elles d'être harmonieusement dissymétriques. À présent, je connais mon sexe et je l'aime. J'adorerais le montrer à tous les hommes de mes nuits. Je m'épile plusieurs fois par semaine, parfois tous les deux jours. Ma peau n'a jamais été aussi lisse. Je n'ai jamais acheté autant de rasoirs jetables, de gommages, de crèmes pour le corps, pour les mains, les pieds, le visage, de baume pour les cheveux.

Chez moi, je danse nue, avec ou sans musique. J'occupe mon corps parce que c'est moi mon ventre, mes cuisses, mes bras. Encore moi le sexe, les fesses. Nue, je ne suis plus nue. Je suis un être accompli. Je prends les poses de Rose Lee devant la glace et me regarde stupéfaite. J'écarte mes jambes, pour me posséder. Un doigt ouvre mon sexe, glisse dans sa moiteur, je goûte. C'est ma saveur, c'est moi. Je pétris mes fesses. Une claque, puis une caresse. Ma vie a la douceur de ma peau, l'exubérance de mes seins. Avant, je traînais ma carcasse. Le corps, je n'y pensais que pour oublier que j'en avais un et pour l'effacer sous des vêtements trop larges, cacher mes jambes, aplatir ma poitrine. Toujours fatiguée, des fourmillements partout, la pieuvre de l'inertie. Mon corps fuyait, il ne m'appartenait pas. Juste un boulet, un abcès qui gonfle et qui finit par exploser.

8

– Je ne suis pas du tout lesbienne mais, franchement, j'ai flashé sur toi. Je t'ai observée. Depuis que t'es là, t'as fait beaucoup de progrès. Tu devrais venir plus souvent, les clients demandent à voir Rose Lee. Si j'étais un homme, je voudrais que tu sois ma femme. Viens... on va prendre un verre.

Iris me prend par la main. Hier, nous avons travaillé ensemble à la même table, en milieu de soirée. C'est comme ça qu'on fait connaissance, autour d'une table, avec des clients. Cela me donne la possibilité de mieux comprendre ce qu'on attend d'une stripteaseuse. J'observe les autres filles, leur comportement est plein d'enseignements. Iris, par exemple, joue de ses atouts avec la spontanéité de l'enfant, mais tout chez elle est calculé. Elle comprend très vite qui est son interlocuteur et se met à son niveau.

Iris est comédienne. Elle danse la nuit pour faire des cachets et conserver son statut d'intermittente du spectacle. Dans son entourage, rares sont ceux qui

connaissent son activité nocturne. Elle en tire le maximum, être stripteaseuse la met dans la situation de jouer
plein de rôles différents, connaître les hommes l'aide à
mieux se connaître elle-même. Elle est venue à Paris
pour travailler, mais sa famille habite dans les environs
de Metz. Elle y va régulièrement pour s'occuper de ses
hérissons. Avec sa sœur, elles ont créé un gîte – Iris
aime dire un «hôpital» – pour les bestioles qu'elles
recueillent et soignent. Un jour, lorsqu'elle aura beaucoup d'argent, elle ouvrira un refuge pour hérissons.

Au comptoir, nous attendons qu'Ariane nous serve
le premier verre de la nuit.

– Alors, ça se passe bien avec Fleur ?

– Avec Fleur ? C'est-à-dire ?

– Ça se voit, on a compris. Et puis, on connaît Fleur !
Elle est folle de toi ! Tu es bi ?

– J'aime les hommes.

– Ouais, les hommes. Tiens, en voilà un qui arrive.

Le type s'approche du comptoir. La trentaine hésitante, il se tient droit dans son costard gris. Sa chemise
est froissée. De son regard fuyant il balaie la salle, avant
d'oser regarder le podium, va chercher les fesses et
baisse aussitôt la tête. Son léger strabisme divergent ne
suffit pas à maquiller la honte. Il marche sur des œufs.

Iris se cambre, une main caresse le décolleté.

– Tu vas voir, me souffle-t-elle. Lui, il est du genre
timide-attardé et aime qu'on lui fasse du rentre-dedans.

– Salut toi. On s'embrasse ou on se lèche ?

L'inconnu reste muet, lui tourne le dos et commande un verre.

Elle se tourne vers moi pour me souffler :

– Ne t'inquiète pas, c'est normal. Tu vas voir, il va mordre.

Elle se met à caresser ses seins, s'approche à nouveau du client. Pendant qu'Iris essaie de capter son attention, l'homme aux yeux verts arrive. Il s'assoit à sa place habituelle.

Je tire Iris vers moi :

– C'est qui, lui ?

– Lui, qui ? Celui-là ?

– Tu le connais ?

Elle s'éloigne du client qui s'est enfin décidé à lui parler, change de ton, agacée :

– Laisse tomber. Il plaît à toutes les nanas, sauf qu'il n'en a rien à faire. Il n'est pas normal. Je ne l'ai jamais vu avec une fille.

– Il s'appelle comment ?

Je l'énerve avec mes questions. J'ai cassé son jeu, elle m'en veut peut-être, s'éloigne brusquement après avoir lancé en l'air « Thomas ». Le client lui propose un verre. Iris avait raison, c'est un timide-attardé qui aime qu'on lui fasse du rentre-dedans.

Thomas, donc. Je me demande depuis combien de temps je le vois, assis à la même place, dans le carré VIP. A-t-il toujours été là ? D'habitude, je ne m'approche jamais des clients assis aux tables réservées. Ils achètent des magnums de ceci ou de cela, des bouteilles à plus de mille euros, gaspillage de champagne et ivresses de toute sorte. Leur richesse exhibée, leur exubérance ne me plaisent pas. Je les regarde de loin, sans avoir envie d'être l'instrument de leur jouissance inutile. Mais depuis quelques semaines, mon regard se tourne de plus en plus dans cette direction. Je n'ai pas de souvenir exact de la première fois. Thomas est une impression vague, son visage se perd dans la nuit, réapparaît parfois le jour, confusément. Quand il est là, je le regarde. Sur son visage, nuit et lassitude. La vulnérabilité dissimulée dans l'alcool et l'indifférence. Entre deux verres, des clients, quelques danses, souvent je m'arrête en espérant le voir, assis à sa place. Après les marches de la grande entrée, après la caisse et la caissière, après le vestiaire, toutes les nuits la porte s'ouvre et se referme des milliers de fois. Être ici, c'est un peu l'attendre.

Ariane m'appelle mais je n'ai plus envie de boire. Je descends dans les loges et surprends Fleur derrière la porte entrouverte des toilettes, en train d'uriner. Elle me fait un clin d'œil. « Vicieuse, dit-elle, tu me regardes ? » Elle a les traits tirés, ne veut pas me dire ce qu'elle a fait au lieu de dormir. Elle élude. « Dormir, c'est mourir. Moi, je vis ». Je n'insiste pas. Elle me propose d'essayer son nouveau rouge à lèvres. Tout contre moi, face au miroir, Fleur me donne un petit coup de coude et me souffle tout bas :

— T'as vu la meuf ? La nouvelle ? Coquelicot m'a dit

qu'en plus de sa paie elle s'est fait mille euros cash. Gros tétés, chérie, gros tétés, et conne. Je suis sur le cul.

– Je te rappelle que moi aussi, j'ai de gros tétés. Pas aussi gros, mais...

– Mais t'as pas un cerveau de poule, chérie.

On entend claquer la porte des loges. Andrea est en colère. On va avoir droit à un rappel musclé des règles. Personne ne parle. Andrea fait asseoir une des danseuses dans un fauteuil, esquisse un mouvement de danse et rappelle la limite qui a clairement été établie et affichée dans les loges :

– La salariée devra par ailleurs respecter les interdictions ci-après... s'interdire tout contact physique avec la clientèle... *To all dancers. IMPORTANT!!! We remind you that physical contact during private dances is strictly forbidden by French law. In other words NO TOUCHING of the customers. Thank you for your cooperation.*

Je monte à l'étage avec Fleur en sachant qu'il faudra faire très attention ce soir. J'ai envie de consacrer cette nuit à mon prochain achat. Dans une boutique des Champs-Élysées, j'ai vu de très beaux escarpins que je rêve de porter. Le genre de chaussures avec lesquelles une femme se sent privilégiée d'être femme. Si j'ai décidé de travailler pendant toute la durée des vacances scolaires de fin d'année, c'est pour ça aussi. M'offrir du luxe et d'autres souvenirs de l'époque où j'aurai été Rose Lee. Mais dans la salle il y a plus important que mes nouveaux talons. Thomas est toujours là, seul à sa table, avec son magnum et les verres encore vides. Il lève son bras à hauteur de l'épaule, ses doigts jouent du piano. M'aurait-il lancé un regard de biais ? Je fais deux, trois pas et je m'arrête devant la danse de ses mains. Il cesse de pianoter, son bras tendu vers moi m'invite à prendre un verre en sa compagnie.

Assise à ses côtés – je n'ai jamais été si proche de lui – je parle sans savoir quoi dire, me demande comment aligner des mots sensés ou drôles. Le sourire que j'exhibe est forcé, ça coince quelque part. Je tousse au lieu de parler, couvre ma bouche pendant que mon regard cherche désespérément de l'aide, traverse la salle, simule la surprise. Que se passe-t-il là-bas ? Quelqu'un m'appelle ? Je suis tentée de me lever et partir. Sauf qu'il ne se passe absolument rien là-bas, personne n'appelle Rose Lee. J'ai peur, voilà ce qui se passe. À nouveau, je cherche. Où sont Iris et Fleur ? Pourquoi ne sont-elles pas avec moi ? Iris doit être avec son timide-attardé, je les ai vus tout à l'heure se diriger vers la caisse. Fleur, je ne sais pas. Il ne me reste qu'à vider d'une traite mon verre, l'alcool m'aidera. Thomas ne fait rien pour entretenir une quelconque conversation, pense certainement que je débute, incapable d'appâter le client.

– Je m'appelle Rose Lee.

Ça sort de ma bouche comme un rot. Enfin soulagée. Lui dire mon prénom, c'est un début n'est-ce pas ? Il sourit, remplit le verre que j'ai vidé, lève le sien pour trinquer. Nous buvons en attendant les mots qui accompagnent l'ivresse. Le DJ s'approche de la table pour lui serrer la main, Thomas lui tend un verre bien rempli et chuchote quelque chose à son oreille. Clin d'œil et tape sur l'épaule. Je ne sais pas ce qui se passe. Je sais seulement que la place que j'occupe, verre à la main et tenue de courtisane de pacotille, n'est plus la mienne. Thomas pose son verre près du seau à glace, de sa jambe il pousse la table et m'invite à faire ce pour quoi je suis là. Danser pour lui, me dessaper. Les coudes sur le dossier du canapé il penche la tête en arrière, écarte les jambes je dois être tout près de lui. Il sait comment se mettre pour prendre une danse, sauf que je n'ai plus envie de danser. Je me trémousse sans désir, j'ondule sans y croire. Je m'approche de la table, j'ajuste mon string avant de m'installer à califourchon sur lui et de retirer ma robe. Je plante mes yeux dans les siens, c'est de ça que j'ai envie, le déflorer du regard tout doucement, longuement, prendre mon temps, savourer cet infini instant, cet unique instant, le premier, ça ne se passe qu'une fois dans la vie. Je n'enlève pas mon soutien-gorge, mais je cherche ses lèvres. Je l'embrasse, je noue ma langue à la sienne. Le voilà, le mot que nous cherchions à dire.

– Bravo ! Ça a l'air vrai.

– Ça l'est, peut-être...

Il me propose confusément de le retrouver après le boulot.

— Pas aujourd'hui. Une autre fois. Quand tu ne seras pas saoul.

Il éclate de rire, laisse tomber sa tête en arrière et se remet à jouer du piano avec ses doigts. C'est sa musique muette, suspendue au vide de ses nuits alcoolisées, et il me dit que non, c'est impossible, l'ivresse est son ombre, sans elle il disparaîtrait. Il plonge sa main dans la poche, en sort un billet de cinq cents euros qu'il froisse comme un ticket de caisse et le fourre dans ma main. Je serre fort mon poing. Il se lève pendant que je me rhabille en lui glissant à l'oreille que je travaille mercredi prochain. «Et toi, tu t'appelles comment?» Mais il s'en va. J'ai l'impression de n'avoir eu le temps de rien, je reste assise à sa place avec le sentiment d'avoir raté quelque chose. Je desserre mon poing : c'est bien ça, cinq cents euros que je pose sur la table et lisse d'une main. Je vais acheter mes chaussures, ce sera un cadeau de Thomas. À présent, lui et moi, nous nous connaissons. Peut-être, un jour.

Oui, mais quel jour puisqu'il n'y a que la nuit ?

Mercredi soir, il revient. Peut-être pour moi, mais sans son ombre, avec son manque. Il semble parfaitement sobre. Je l'entrevois entre deux salons privés. J'écourte ma danse, liquide le client pour aller lui parler. Je cours vers l'abîme. Il n'est déjà plus là.

9

Dimanche, déjà.

Plus de panique. Depuis que je vis un week-end sans fin, je ne crains plus les lundis. Non seulement ce sont les vacances scolaires, mais lundi c'est mon jour off, comme pour tous les artistes. Avant, le lundi me donnait la migraine. De la nausée, rien qu'à mettre l'alarme du réveil.

À quatre heures et demie, parmi les quelques clients accrochés au décor, je reconnais un des amis de Thomas. Je n'hésite pas à aller le voir. « Salut, ça va ? Tu es un habitué, n'est-ce pas ? Comment tu t'appelles ? » Toujours les mêmes mots pour démarrer la conversation. Il me paie un coup à boire, se présente avec un soupçon d'élégance désuète. Jean-Philippe arbore un détachement méprisant, style « Rien ne peut me toucher puisque je suis définitivement à l'abri et je vous emmerde ». Il porte du cachemire, et des mocassins Weston. Il me file cent euros de pourboire et m'invite à le suivre pour un dernier verre chez des amis. Thomas pourrait y être, j'ai envie d'y aller. Mais Fleur ne veut pas m'accompagner, elle préfère aller à un autre after. Je la regarde s'affairer dans les loges, se remaquiller, jacasser tout excitée avec Coquelicot. Je remets du rouge à lèvres et pars seule à l'adresse que Jean-Philippe m'a donnée.

Dès mon arrivée, je suis déçue. Ce n'est pas une fête, juste une orgie de faste froid, avec deux filles que Jean-Philippe a fait venir pour son ami Ben, le propriétaire de l'appartement. Assis sur un canapé, les yeux noyés de découragement, Ben contemple le vide. Il est déprimé, sa femme l'a quitté. Jean-Philippe croit bien faire : cocaïne, alcool, prostituées. J'ai envie de partir. Je n'ai rien à faire ici, mais on sort du Cristal Roederer, rien que pour moi. Jean-Philippe fait comme chez lui. Il dispose. On dirait la gouvernante, ou le maître de maison.

– Tu es sûr de vouloir ouvrir la bouteille ?

Parfois, je ne me surveille pas. Je me laisse aller à des questions idiotes, des réflexes de prolo inquiète qu'on fasse du gaspillage. La vertu des moins bien nés. N'empêche, comment ne pas voir le gâchis ? Ça me scotche, leur prodigalité. Même s'il faut que je me rende à l'évidence : le luxe fait la volupté. C'est si bon de s'en foutre, cela fait partie des plaisirs que j'expérimente par personne interposée. Des orgasmes insoupçonnés. J'ai parfois l'impression de lécher les miettes qu'ils laissent tomber avec tact et précaution. Leur gaspillage serait-il calculé ?

Je dis oui au Cristal.

Au bout de ses efforts, Ben se redresse, héroïque et digne, et me fait visiter son appartement princier. Faire étalage de sa puissance lui donne de l'entrain. Je contemple le jacuzzi. Il me parle de ses fêtes, dit que Thomas – « Tu connais Thomas, n'est-ce pas ? » – s'y est plusieurs fois baigné, totalement nu. Je baisse les yeux, ne dis rien. Dans les toilettes, la poubelle est en argent. Il ouvre les armoires de sa femme, les tiroirs combles de lingerie, et en sort quelques pièces en me proposant de les essayer.

Je dis non aux Chantal Thomass.

Les deux filles commencent à s'impatienter. Elles guettent la chambre à coucher et le lit XXL pendant que Ben se colle à moi, me tient par le bras, remplit ma coupe. Sous nos yeux, les filles, sans y être invitées, commencent à se caresser, à se dessaper mutuellement. Des yeux avides, des gestes répétés mille fois. Deux machines. Ça me dégoûte, la cupidité, et les visages déformés par le mensonge, le discours mal ficelé des minauderies. Pas d'érotisme, non. C'est du spectacle bon marché, tout ça.

Bras dessus bras dessous avec Ben, je suis presque plus grande que lui. Je déteste être plus grande qu'un homme. J'ai besoin de sentir que je peux être dominée physiquement. Je laisse tomber mon bras le long du corps pour me libérer de son étreinte en prétextant le besoin d'aller aux toilettes. Les deux racoleuses en profitent pour l'emmener dans la chambre.

De retour dans le salon, je m'assois à côté de Jean-Philippe et je retrouve ma coupe de champagne. Je m'y noie pendant qu'il évoque avec délices les fêtes les plus mémorables qui ont été données ici. Dans ces quatre cents mètres carrés de sculptures en marbre, longs couloirs, jacuzzi et hauts plafonds, il me semble évident que Paris-métro-boulot-dodo c'est vraiment de la merde. Une vie de chien, tandis que d'autres, pour oublier leurs petits malheurs à eux, appellent des chiennes à domicile. Qui se prostitue ? Ce n'est pas très clair pour moi. Avant même d'avoir eu le temps de vider cette nouvelle coupe (j'ai appris à mesurer le temps au gré des coupes vidées), je vois Ben courir vers nous. De petits pas sautillés, comme ceux d'un enfant. Toujours en chemise blanche, mais cul nu et sexe ballant qui pointe sa petite tête rose. Il se met à gémir en se collant à moi, sur le canapé, jambes recroquevillées. Je ne sais pas quoi dire. Jean-Philippe ne cille pas. Je suppose que tout ça est parfaitement normal. Évidemment les filles débarquent dans le salon. Toutes nues, je ne les trouve pas plus belles. L'une saisit Ben aux chevilles pour qu'il allonge ses jambes sur le canapé, tandis que l'autre soulève sa chemise, découvre son sexe avant de se coller à la besogne avec précipitation, avalant d'une bouchée la chair molle dans l'espoir de la ranimer. Son acolyte maintient toujours ferme les chevilles de Ben qui s'agrippe plus férocement à mon bras. Il émet des petits sons aigus qui ne sont pas ceux du plaisir. Le va-et-vient de la bouche laisse entrevoir par intermittence la peau fripée, la fille qui tient les chevilles prend dans son sac quelques mouchoirs en papier – « Pousse-toi ! Laisse-moi faire ! » –, elle s'accroupit à la place de l'autre, déplie les mouchoirs qu'elle dispose autour du sexe désarmé et se met à le sucer avec rage. Après qu'elle a passé quelques minutes à s'énerver sur le bout de chair récalcitrant, l'autre veut réessayer. Elle s'attaque aux couilles. Pendant ce temps, l'objet de leur convoitise ferme les yeux, serre ma main qu'il porte à sa joue, en répétant machinalement « Je veux rester avec toi. Je veux rester avec toi ». Je le repousse doucement et lui dis :

– Vas-y. Va avec elles. Je t'attendrai.

– Jure !

– Je te le jure.

Dix minutes plus tard, il est de retour. Chemise blanche déboutonnée, slip blanc. Sourire.

– Et maintenant, tu peux danser pour moi, s'il te plaît ?

10

– Tu as eu le courage d'aller bosser, après l'after de dimanche ?

Rouge à lèvres à la main, Fleur discute avec Coquelicot. Elles sont assises côte à côte, face à la grande glace des loges. En arrivant, j'envoie un baiser au reflet de leurs visages et fonce vers mon casier. Elles poursuivent leur échange :

– Oui, je suis venue parce que je n'étais pas fatiguée. Je n'ai pas trop bu chez ton pote. Je me souviens même de ce qui s'est passé !

– Pas moi !

– Action et vérité, t'as oublié ? Moi, j'ai bien aimé le baiser du jeune blond.

– Je crois que j'ai embrassé quelqu'un... mais je ne sais plus qui !

– L'avocat a léché ta fesse droite !

– Il y avait un avocat ? Heureusement qu'on est parties à neuf heures ! Sinon, on aurait fini comment ?

– Quand même pas en grosse partouze...

– Non, mais une ou deux sucettes…

Pendant que Fleur et Coquelicot jouaient à action et vérité, moi, je rentrais de chez Ben. Je n'ai pas dansé pour lui. Les deux filles n'ont pas compris pourquoi j'ai refusé. « Il va te payer cher ! » m'ont-elles crié à l'oreille après m'avoir entraînée dans une des salles de bain sous prétexte de nous remaquiller. J'ai remercié pour l'accueil et je les ai quittés. Après, j'ai mal dormi. La fatigue s'installe. Je la sens encore, l'écho de la dernière nuit dansée. Au réveil, j'ai eu du mal à me mettre debout. Sensation d'épines enfoncées dans les cuisses, grincement des genoux, crampes aux mollets. Mes premiers pas au sortir du lit me rappellent les positions obscènes ou gracieuses, souvent inconfortables, qu'il me faut prendre pour être désirable et bandante. C'est lourd de porter le désir des hommes. Six nuits par semaine – les vacances, c'est bien pour travailler – je suis le corps qui ondule, se cambre, tente un grand écart pour épater le spectateur. La fatigue gagne en intensité, alimente le doute et la mauvaise conscience. Fatigué, on est vulnérable, la culpabilité revient au galop : il faut que j'arrête. Mais ce soir encore, je monte à l'étage avec Fleur et Coquelicot comme si cette vie était la mienne. Sans attendre, nous nous asseyons à une table. Ils sont jeunes, ils sont trois, nous sommes trois. La discussion ne prend pas, ça tourne en rond. Énervée, Fleur me souffle à l'oreille « C'est trop tôt, ils ne lâchent rien, faut qu'ils picolent, les cons », puis elle s'adresse aux trois types :

– On peut boire avec vous, ou comment ça se passe ?
La galanterie, vous connaissez ?

En s'excusant, ils nous servent de la vodka avec du
Red Bull, font l'effort d'alimenter une conversation.

– Vous avez passé Noël en famille ?

Coquelicot aussi s'impatiente :

– On n'a pas de famille !

– Ah bon, vous n'avez pas de famille ?

– Non, on n'a pas de famille. Notre mère est morte
et notre père nous violait quand on était petites... bah
oui, quoi ? Pourquoi tu me regardes comme ça ? C'est
pour ça qu'on est ici.

– Vous n'avez pas d'enfants ?

– Non, on est ménopausées.

Nous éclatons de rire avant d'essayer de faire diver-
sion, lorsque celui qui est assis à mes côtés se décide à
parler :

– Je vais bientôt me marier...

Fleur saute sur l'occasion :

– J'espère que ta femme t'a bien sucé parce que là,
c'est fini !

– Ça va bien se passer.

Coquelicot prend la relève :

– Ça va bien se passer ? Pff ! Ça fait des années que
je suis ici, et il n'y en a pas un qui m'ait dit qu'après
c'était aussi bien qu'avant. Crois-moi, c'est mort.

Les mots de Coquelicot m'arrachent un sourire de
circonstance, mais je ne peux m'empêcher de penser,

moi aussi, qu'il ferait mieux, qu'ils feraient peut-être tous mieux de voyager au lieu de se marier si jeunes, de courir les femmes parce qu'il faut beaucoup de femmes pour faire un homme. Je quitte la table, la conversation touche à son point mort et vu l'usage parcimonieux qu'ils font de la vodka, je pense qu'ils feront des économies aussi sur les danses. Je me dirige vers le bar en dévisageant les clients. Il n'y a que dans un lieu comme celui-ci qu'une femme peut regarder droit dans les yeux tous les hommes qu'elle croise. Je m'approche de celui qui ne fuit pas mon regard. Il est bavard, ça commence bien. C'est la première fois qu'il vient dans ce genre d'endroit. J'en étais sûre. J'ai la capacité de reconnaître mes semblables, ceux qui, comme moi, s'initient au monde de la nuit. Avec moi, ils ont moins peur, nous sommes faits de la même étoffe. Les autres filles sont moins rassurantes pour le novice. Elles ont perdu toute pudeur.

Il me demande une danse, il veut découvrir. J'adore les premières fois des clients. C'est ma manière à moi de les déflorer, de les ramener entre enfance et adolescence pendant un instant de lâcher-prise avant qu'ils retrouvent leur statut de mâle et toute son impuissance. Mon client doit avoir la petite cinquantaine, cheveux épais et grisonnants qui tombent par mèches sur un visage souriant qui inspire confiance. Dans son regard, je vois l'enfant. Dans ses mains, je devine l'animal. Et moi, salope, douce, obscène, gracieuse. Tout. Je le pénètre doucement. Il faut qu'il en perde la tête. Oui, sa tête sur un plateau, bouche ouverte dont plus un mot ne sort. Chaque femme qui danse est Salomé. C'est pour ça qu'on danse, pour voir des têtes tomber, des hommes vaincus. Je scrute le cou, je caresse le pli de la peau où il sera bon de planter ma lame. Et slash ! Décapité. Il ferme les yeux et reste immobile, le dos collé à la banquette. Je le serre fort dans mes bras, je lui offre encore une fois ma poitrine, caresse le mamelon qu'il voudrait téter, tandis que je chuchote à son oreille les mots de la fin. Il fouille dans sa poche, m'allonge un billet de vingt euros. Je continue pendant quelques minutes, une chanson, pas plus. À nouveau, la femme amoureuse, la pute, l'ange. Il sait déjà que tout, vraiment tout ce qu'il vivra en dehors d'ici, les autres femmes, leur peau, leur sexe, leurs baisers, tout lui apparaîtra imparfait. Ce sera moins bien, c'est pour ça qu'il reviendra chercher le sublime instant et l'admiration désordonnée de son propre fantasme.

Pendant que je me rhabille, c'est lui qui se met à nu, raconte sa vie, son divorce, la difficulté de renouer avec son fils.

– C'est pour ça que je suis venu ici.

– « Pour ça », c'est-à-dire ?

– Pour mon fils. Je voulais lui offrir cet endroit dont on m'avait dit que du bien. Tu veux bien danser pour lui, s'il te plaît ? C'est un cadeau que je veux lui offrir pour ses dix-huit ans.

– Quel joli cadeau de la part d'un papa ! Oui, bien sûr que je vais danser pour ton fils.

Nous remontons ensemble à l'étage. Lui, pressé d'aller chercher le fils. Moi, fière d'avoir été choisie pour le déniaiser. Une autre tête à couper, je savoure avec délectation le plaisir de la chair fraîche. Le DJ m'appelle, je dois monter sur scène. On se retrouvera tout de suite après mon passage.

Une pirouette, deux pirouettes, trois pirouettes. Ma tête tourne. J'exécute la seule figure de pole dance que je sache faire, tête en bas, accrochée à la barre. Une fois le monde à l'envers, me voilà moi aussi à nouveau plongée dans l'enfance, les jeux et la balançoire, prête à voler avec le frisson si particulier que procure la crainte de la chute. Et c'est peut-être l'effet de mon ivresse, ma perception brouillée par les lumières, le tournis, le vide qui rôde tout autour, mais je crois que là-bas, à l'opposé du lieu où je suis Rose Lee qui danse, accoudé au bar en train de parler avec une danseuse, il y a ce jeune homme que j'ai l'impression de connaître. Lui, ici ? Je me mets dos au bar pendant que quelque chose en moi se désintègre. J'ondule sur place, pétrifiée par l'angoisse. Je tourne sensiblement la tête, mon client s'approche du jeune homme, il tend son bras en direction du podium. C'est pire que tout. Une catastrophe parfaite. Un chef-d'œuvre de malheur. Je vois Iris passer à côté du podium. Je l'appelle. « Je t'en prie, je t'en supplie, prends ma place, je t'expliquerai, s'il te plaît, aide-moi. » Je décoiffe mes cheveux pour cacher mon visage et m'enfuis dans les loges, morte de trouille. Du haut de mes échasses, je me sens toute petite, minable. Une chose sale. Je veux disparaître. Partir. Dans ma tête des « Tout va bien, tout va bien, tout va bien. Tu t'es éclipsée à temps, il ne t'a pas vue ». Ne m'a-t-il pas vue ? Ne m'a-t-il pas vue ? Je bois de l'eau, j'ai l'impression d'avoir couru des kilomètres. Mon cœur est affolé, pire que le désir et ses ravages. Pourquoi, pourquoi je suis venue ce soir ? J'étais fatiguée, épuisée, mais cette maudite envie d'argent, oui, c'est ça. L'envie d'argent en plus de la jouissance que mon corps me procure en faisant ce que je fais ici. Vanité, rien que de la vanité.

Après m'avoir remplacée, Iris débarque dans les loges :

– Ça va, Rose ? Qu'est-ce qui t'arrive ?

– Un mec que je connais, je ne sais pas s'il m'a vue.

– Tu sais que tu peux t'en aller, dis-moi où il est, je vais vérifier. Il est peut-être parti. Je vais voir avec Andrea.

Je ne savais pas que, dans ces cas-là, Andrea nous autorise à regarder toutes les caméras pour vérifier si un client dont on ne veut pas être reconnues est encore dans les lieux. Ça peut nous arriver à toutes. Je découvre les caméras. Il y en a partout. Des yeux auxquels rien n'échappe. Je les repère, le père et le fils, je les vois déambuler dans la grande salle autour des podiums, l'air de chercher. De me chercher. Des montées d'angoisse enflammée me démolissent de l'intérieur.

– Iris, s'il te plaît, regarde, ce sont ces deux-là, tu vois ? Rends-moi un autre service, s'il te plaît. Un autre rôle à jouer, pour toi ce n'est que de l'entraînement, n'est-ce pas ? Va les voir, dis-leur que Rose Lee est prise avec un gros client, que ça va durer toute la nuit. Dis-leur aussi que je m'excuse et que pour me faire pardonner je leur conseille de te prendre à ma place pour le cadeau d'anniversaire du jeune. Danse pour lui et essaie de lui parler, essaie de comprendre s'il sait qui est Rose Lee. S'il te plaît.

Elle part en mission. Avec l'autorisation d'Andrea, je reste devant les caméras. Iris est habile, et souriante. Je la vois se diriger vers les salons privés avec le fils. Sous l'œil de la caméra, Iris ne le ménage pas. Je connais ses danses, ses poses et gestes pour faire capituler le client. En quelques minutes, elle déballe tout son savoir-faire, mêle les poses érotiques aux fessées qui claquent. Elle fait son travail, mais le gamin reste parfaitement immobile face au déballage. Quand Iris arrête sa danse et commence à se rhabiller, il s'en va sans rien dire. Elle lève les bras en signe d'impuissance en regardant la caméra. Je reste dans le bureau jusqu'à ce que père et fils soient partis après avoir déambulé un peu dans la salle, les yeux rivés sur la scène.

– Je ne sais pas qui est ce gamin, mais impossible de

lui parler. Je l'ai fait bander, c'est tout ce que je peux te dire.

Je remercie Iris, je n'ai qu'une hâte, déguerpir d'ici. La nuit est une longue agonie, un effort pour faire taire la peur. Tout-va-bien-tout-va-bien. Bientôt tout retournera à la normale. Je mettrai de l'ordre dans mes désirs. Rose Lee, c'était un détour, une parenthèse. On a droit au détour, non ?

Il ne me sera pas facile de trouver le sommeil. À une poignée de mètres de la scène où je dansais nue, confus ou ravi, peut-être tout bêtement excité, il y avait ce jeune homme de dix-huit ans – comment s'appelle-t-il déjà ? Kévin ? Bryan ? Un élève de terminale STMG, qui arrive souvent en retard et que je vois passer devant ma salle de cours. Parfois, en fin de journée, il discute avec Hadrien et quelques autres élèves de mon cours.

Cette nuit, il a failli être mon client.

Il faut que j'arrête.

11

Affalées sur mon bureau, un tas de copies me lancent des appels désespérés. Je n'aurais jamais dû oublier les élèves, mon vrai métier. Quelques jours et vingt copies à corriger me séparent de la rentrée. Pour quelques nuits encore, je serai la femme vénale qui ne rechigne pas à faire de son corps une denrée monnayable. J'ai demandé à Andrea d'espacer mes nuits de travail, mais elle m'a suppliée de venir régulièrement avant la fin des vacances parce qu'elle n'a pas assez de danseuses. Je voulais annuler, dire que j'étais malade. Je n'aurais pas complètement menti. Depuis que j'ai vu au club l'élève de terminale STMG, les migraines sont réapparues, l'insomnie et les maux d'estomac m'accablent. Au club, je scrute, terrifiée, la porte d'entrée qui s'ouvre une, deux, trois, des dizaines de fois. Rose Lee m'échappe, mes nuits sont moins rentables. J'ai commencé à vider mon casier. La dernière fois, j'ai embarqué le flacon de gel douche, les rasoirs et les échantillons de parfums. Demain matin, je glisserai dans mon sac les robes que je ne mets plus. Je partirai comme une voleuse, parce que je n'ai pas le courage de dire que je vais arrêter.

Je me plonge dans les copies avec un regain de dévotion : grille d'évaluation, notation stricte, une symbolique pour les notes en marge, dix, quinze minutes, pas plus. Il ne s'agit pas de dissertations, les élèves sont encore trop faibles pour mener à bien une réflexion philosophique, mais de simples exercices destinés à les aider à acquérir un peu de maîtrise. À partir de la notion de responsabilité, ils doivent donner une ou plusieurs définitions, dégager des pistes de réflexion, une problématique possible. C'est le b.a.-ba indispensable non seulement pour rédiger une dissertation, mais tout simplement pour développer une réflexion. Cela fait des révisions, pour moi aussi. Pendant que je parcours les pages noircies par leurs efforts, avec des traces de pliures aux coins, des taches d'encre recouvertes de Tipp-Ex, ces mots approximatifs cherchant la justesse d'une pensée m'apparaissent comme un assemblage de touchantes imperfections. C'est avec tout ça, avec leurs mots bancals, que je me dois de bâtir un tout cohérent. Sur une feuille, je note toutes les bonnes choses que je trouve, éparses ou confuses, dans leurs copies. Le corrigé que je vais leur proposer ne sera que l'ensemble de leurs voix, la somme de leurs intuitions. Je voudrais que chacun sente qu'il a touché à une vérité. Wallen n'a pas saisi l'implication juridique de la notion de responsabilité. Pas grave. Elle a réussi à faire le lien entre responsabilité et liberté. Lény a dégagé les deux sens de la notion en s'appuyant sur l'étymologie latine : *respondere* signifie « répondre ». Cela nous aide à définir la responsabilité premièrement en tant que faculté de bien juger, deuxièmement en tant que charge qu'on assume. Hadrien s'est concentré sur le caractère réflexif de la responsabilité : être responsable, c'est se responsabiliser. D'autres aussi ont réussi à penser l'intériorisation de l'autorité ou la difficulté de savoir de quoi nous sommes réellement responsables, car si on doit postuler un lien entre l'homme et ses actes, comme entre une cause et son effet, comment savoir dans quelle mesure nous sommes dans ce que nous causons ? Il faudra ensuite leur expliquer que l'idée de responsabilité exige de poser le postulat de l'identité personnelle sous cette forme : « Je est le même. » Car comment être responsable de tous ses actes sans une permanence substantielle du sujet agissant ? Je est le même, donc.

Trois heures pour douze copies. J'ai bien travaillé, il ne m'en reste que huit. J'ébauche une conclusion tout en pensant à la tenue que je porterai cette nuit.

12

Je descends dans les loges enfiler mon masque, chercher la passion du métier. Un coup de blush sur les joues, l'œil noirci d'un trait supplémentaire de khôl, une autre couche d'anticerne sous les yeux, parfum, coup de brosse. À côté de moi, la nouvelle recrue, blonde, peau laiteuse, on dirait une adolescente cette jolie poupée bien élevée qui n'a rien de la salope. Nom de scène : Rebecca. Elle n'a jamais dansé dans un club, ça se voit. Plus tard, pendant une de mes pauses pipi, je la surprends en sanglots. Elle cache son visage entre ses mains parfaitement manucurées.

— Je voulais faire ça parce que c'était un rêve, me dit-elle, être cette femme-là, connaître la nuit, mais je me sens pas bien, ça marche pas, je ne fais pas d'argent, les clients me jugent : « Qu'est-ce que tu fais là ? Pourquoi tu fais ça ? C'est pas pour toi. Tu ne dois pas rester ici. Tu es une fille bien, ça se voit. Franchement je respecte, mais vous, les filles, je vous plains. Pourquoi te mettre nue juste pour de l'argent ? Je trouve dur, dur,

dur pour les filles de montrer leur corps comme ça. C'est trop dur, c'est trop dur ! »

Elle essuie ses larmes, remet du maquillage tandis que Coquelicot lui allonge un verre à shot. Elle sort de son casier une bouteille de Zacapa bien entamée. Nous buvons à tour de rôle. Cul sec. Coquelicot lance un coup d'œil à ses seins dans le miroir et nous dit :

– Nous, les strippeuses, on est sensibles de ouf.

Remontée en salle, j'avise un homme qui agite un ticket en me regardant. Il est à une grande table au milieu de types, certains plus jeunes, et d'une blonde à lunettes qui ouvre la bouche pour laisser sortir des «Oh !» et des «Ah !». Assise aux côtés de l'homme, bras croisés sur décolleté timide, une brune silencieuse. L'homme qui m'a appelée me demande de danser pour celui assis à sa droite. Je m'approche, écarte ses cuisses. La femme brune le saisit par la main, affirme avec détermination «Vous ne pouvez pas danser pour lui, il est marié, je suis sa femme». Je lui explique que c'est un cadeau, il ne va rien se passer, c'est du spectacle. Elle ne cède pas, devient menaçante, balbutiant des grossièretés à mon adresse. Tout autour pleuvent les mots conciliateurs : «Ça va aller, c'est son anniv, tu étais bien d'accord pour venir ici, fais pas ta jalouse, c'est son cadeau.» Elle se tait, mais ne lâche pas la main de son mari. Je ne la regarde plus, je fais mon boulot du mieux que je peux, parce qu'elle est là et me regarde pendant que son mari sourit comme un niais.

Cet homme qui est le sien – c'est ce qu'elle doit se dire et redire en ce moment précis : « C'est mon homme ! C'est mon homme ! » –, cet homme, donc, bande pour mes fesses qui se frottent à son désir, les jambes écartées que je lui offre, l'opulence de mes seins à portée d'un coup de langue. De sa main libre, d'un mouvement rapide, il redresse son sexe en érection dans son slip. Ce n'est qu'un homme que la main exclusive de sa femme essaie de retenir. La pauvre. On ne peut pas empêcher un mâle de bander pour une femelle. Cela n'a rien à voir avec l'amour, ou les sentiments. Le corps est notre plus forte raison d'exister. Il me fallait venir ici, être Rose Lee, accepter la délicieuse exaltation de me frotter à des milliers de sexes en érection, aux confessions sans fard de beaucoup d'hommes, pour voir l'animal, le mien et le leur, et ne plus m'en défendre. Ma mère avait raison : il n'y a ni prince ni princesse. Soudain, un coup violent me brûle le dos. C'est la femme outragée qui me frappe, et ce sont ses « Arrête, arrête, arrête salope » qui m'obligent à interrompre ma danse. Elle est devenue folle, ne se maîtrise plus, ne sait plus que crier, s'égosiller. Des « Tu es une pute, va-t'en salope » s'abattent sur moi et ça fait mal. Je prends ma robe et, sans même me rhabiller, je disparais. Je descends dans les loges, une banane, shot de Zacapa que je pique, autorisée, à Coquelicot.

Toutes les femmes, les jeunes et les vieilles, les belles et les moins belles, devraient faire ce métier. Un soir, un mois, ou toute leur vie. Elles verraient l'homme, sauraient de quoi il est fait, cesseraient peut-être de souffrir.

En sortant des loges, je reconnais au bout du couloir, sur un canapé à l'abri des lumières de la scène, la femme qui m'a frappée et traitée de pute, elle pleure. Je passe devant elle en tournant la tête. Ses larmes sont inutiles. J'aimerais le lui expliquer et qu'elle comprenne. Mais je ne suis pas ici pour faire la psychothérapeute.

Plus tard, je croise un mec, il titube. Il ne reste que quelques morceaux de musique avant la fin. « C'est la dernière, lui dis-je. On y va ? » Face à la dernière danse, et à la fin de la nuit, il fouille dans son porte-monnaie, sort sa carte, dit « J'espère qu'elle n'est pas bloquée ». Qu'importe le découvert. Le dernier plaisir n'a pas de prix.

Nuit sans rêves. Peu d'argent.

Je me dirige vers les loges. Un petit groupe de filles s'esclaffent autour d'un écran d'ordinateur portable. Je m'approche, moi aussi j'ai envie de rire. Elles matent des photos de micro-pénis en se foutant de la gueule des mecs.

Rire amer.

Dans quelques jours, c'est fini.

Je vide mon casier de robes que je range dans mon sac.

13

Copies notées, rangées dans la chemise bleue avec mes notes pour le prochain cours, deux heures pour parler de la responsabilité. Sur mon bureau, Platon et Kant dépecés. Le prêt-à-penser des morceaux choisis est l'image ultime que l'arrivée au club dissipe inexorablement. La nuit s'est déjà installée au Dreams, ça a commencé sans moi. Rien qu'une poignée d'heures et j'en finirai avec elle. Ma fièvre monte, marche après marche. Mon impatience aussi. Que peut-il bien arriver après ça ? Que reste-t-il à vivre ? Je me sens exister de cette vitalité éhontée et furieuse qu'on éprouve face à une destinée qu'on a soi-même provoquée, assumée. Abandonnée, enfin. C'était ça, la problématique : dans quelle mesure sommes-nous dans ce que nous causons ? Au bout de la question, l'irréelle destination de ma course, les loges et le casier de Rose Lee. Je viens de croiser Rebecca dans les escaliers. Elle n'est donc pas partie. Ici, on se cogne à la dureté d'être soi-même source de courage. Coquelicot est en train de changer de tenue. « Ça va peut-être me donner envie de bosser, dit-elle avec un brin d'ironie. » Iris parle au téléphone, recroquevillée à côté de la douche. Elle ne m'a même pas vue. Je cherche du regard la présence de Fleur. Son casier est fermé à clé, signe qu'elle ne travaille pas ce soir. Son absence me soulage. J'aurai moins l'impression d'avoir menti. C'est plus facile de disparaître sans mot dire.

Ce soir, je n'ai pas besoin de beaucoup de temps pour me préparer. Moins de maquillage, pas de postiche, mes cheveux sont bien comme ça, au naturel. Ce soir, c'est Jo qui monte sur scène.

Je regarde tous ces hommes s'agiter un verre à la main, cravate dénouée et sourire oblique. Dernier acte de la grandiose comédie que je me suis offerte. Beaucoup d'hommes d'affaires fréquentent ce genre de clubs. Ils viennent souvent avec leurs clients ou futurs associés, leur payent des danses, les arrosent de champagne. Dans l'ambiance feutrée des salons privés, les négociations aboutissent, les parties s'accordent, heureuses de conclure un contrat qui portera inscrits entre ses lignes les gros seins de l'une, le tatouage coquin de l'autre et tous nos sourires couronnés du rouge intense célébrant leur prestige. La stripteaseuse fait marcher l'économie, elle en est le secret ressort. J'ai l'amère impression d'avoir contribué beaucoup plus ici qu'au lycée à la marche du monde. Ainsi va la vie.

N'empêche. Ce soir, sans Fleur c'est difficile. Des

relents de pudeur empestent mon esprit. Sans alcool, j'oublie de faire l'allumeuse, j'aligne des mots qui font de belles phrases et les hommes me respectent. Ils ne veulent pas me voir nue, n'achètent pas de tickets. Pour le moment c'est presque vide, on pouvait s'y attendre le lendemain du réveillon. Ça me rassure : si j'ai la chance de tomber sur un bon client, je ferai une bonne soirée. Autrement, j'attendrai patiemment la fin en rigolant avec les filles. Je n'ai pas envie de racoler. Ce n'est pas ma spécialité, d'ailleurs. Je remonte à l'étage après une pause pipi. Je me déhanche ostensiblement, c'est le minimum lorsqu'on est stripteaseuse. Quelques pas plus tard, des pas de vraie pouffiasse, je m'arrête net. Thomas est seul, assis au comptoir. Je fonce dans sa direction. Il me regarde et vide son verre d'une dernière gorgée. Il se tient droit, sans ivresse.

– Tu vas pas me laisser rentrer tout seul, cette fois-ci ?

– Je ne sais pas. Je pourrais t'accompagner jusqu'à ta porte...

– Il n'y a ni porte ni trottoir chez moi.

À cinq heures et demie du matin, je suis enfin libre. Rose Lee n'existe plus mais je pars avec Thomas, parce que j'en ai envie. Le quai est englouti dans le noir. Derrière nous, la place de la Concorde et l'éclat de la ville. À notre droite, la Seine s'allonge, silencieuse. Thomas me donne quelques informations sur le port des Champs-Élysées et ses cinquante et une péniches qu'il appelle « mes voisines ».

– La mienne est amarrée avant le pont Alexandre-III. C'est la plus grande. Elle appartenait à mon grand-père. Maintenant elle est à moi, ça fait partie de mon héritage. J'ai vécu mon enfance sur la Seine. Avec mon grand-père, on marchait jusqu'au Louvre. Il m'emmenait au musée toutes les semaines.

– Tu dois connaître ses collections par cœur...

– Je connais par cœur mes souvenirs. Et *Les Noces de Cana*. Attends-moi là, c'est dangereux.

Une lumière se met à clignoter, il me tend la main pour monter à bord. Sur le pont, des jardinières alignées forment une petite haie de bambous dissimulant une table en bois et des chaises. Il propose de s'asseoir, me dit « Je reviens ». Il emprunte un escalier descendant à l'intérieur de la péniche et remonte avec une bouteille, des verres, une couverture. Il me sert du vin blanc mélangé à la nuit glaciale. Je porte une robe blanche, longue. Dans la nuit, on dirait une luciole.

– Seulement dix minutes, veux-tu.

Je hoche la tête, incapable de refuser. Il s'assoit de l'autre côté de la table, face à moi, sans jamais me regarder. Tête penchée en arrière, c'est le ciel qui l'intéresse, même sans étoiles. Il se met à siffler, puis fredonne un air que je crois reconnaître.

– « Casta Diva » ?

Il n'interrompt pas son chant adressé au ciel, méthodique, appliqué. Je fais tourner mon verre et observe la danse du vin. La sonnerie de son portable vient suspendre le sublime aigu dans lequel il s'engageait. Thomas regarde, agacé, l'écran et refuse l'appel.

— Viens, je vais te faire visiter.

Je ramasse couverture et bouteille. Il me dit « Laisse, je vais le faire » et me tend une nouvelle fois sa main pour descendre les marches. Son regard tombe sur mes escarpins, le mien rebondit sur une table noire laquée, des vases de pivoines blanches, chaises avec housses, tapis, bénitier, *Impression, soleil levant*, affiche du centenaire de l'impressionnisme, 1974, Grand Palais, livres grimpant jusqu'au plafond, bouteilles et verres, bibelots, cadres avec photos de famille, chandeliers, magazines traînant sous une table basse. Un salon comme une seule longue traînée de lumière et un piano à queue, tout au bout, bouquet final de ce feu de culture et de richesse. Un imperceptible, léger flottement achève cette perfection en noir et blanc. Le regard de Thomas tombe à nouveau sur mes chaussures.

— Dois-je les enlever ?

— Ça, non, jamais, s'empresse-t-il de répondre. Une femme ne devrait jamais enlever ses talons. Tu sais jouer d'un instrument ?

— Je ne joue d'aucun instrument. J'ai fait du solfège, étudié la clé de *sol*, je me suis arrêtée là, avec un peu d'histoire de la musique, des concerts et une oreille sensible. Moi, je suis philosophe. Enfin, prof de philo.

Thomas s'arrête de ranger des magazines, dit « Ce n'est pas possible, tu es trop bien habillée pour être une prof, les fonctionnaires n'ont pas de goût. » Puis, dos tourné, il me lance :

– Le mythe de la caverne ?

– C'est une allégorie, pas un mythe. Platon, la *République*, livre VII.

– Le schématisme transcendantal ?

– Kant, *Critique de la raison pure*.

– La monade ?

– Leibniz, *Discours de métaphysique*.

– La théorie du rhizome ?

– Deleuze et Guattari.

Il se retourne et m'adresse un grand sourire, une excitation nouvelle traverse son visage.

– Très originale, mademoiselle ! Je m'incline, et pour vous témoigner mon respect, je commencerai par jouer un morceau que vous connaissez peut-être, de Philip Glass. Venez, je vous en prie, approchez-vous.

Moi aussi je ris de m'être démasquée. Avoir été Rose Lee, c'est bien, mais ça ne suffit pas. Pour les riches mondains, ce n'est qu'un joujou de plus.

Il cesse de jouer :

– Je n'aime que le chant.

– Vas-y, chante. Je suis tout ouïe.

– Ce serait très imparfait. Je déteste l'imperfection...
je n'aime pas beaucoup ma voix.

– Tout de même...

Il se remet à jouer, les notes fusionnent avec les mots
et les silences rythmant le récit de son enfance :

– Je rêvais d'une voix de soprano, je rêvais d'être
femme et de chanter comme seule une femme peut le
faire. Les enfants croient aux miracles. J'ai fugué,
cherché un médecin, un hôpital, opérez-moi, s'il vous
plaît, je ne veux pas grandir. Je veux la voix céleste, celle
de l'ange, je ne serai jamais un homme.

«Un bel dì vedremo» se répand dans le salon. Il est
Madame Butterfly, regard exténué, bouche qui tremble.
*Un bel dì vedremo levarsi un fil di fumo sull'estremo
confin del mare.*

Je crois savoir, à présent, ce qu'il voit de ses yeux
d'aveugle, par-delà le décor, les femmes nues, la nuit
et ses ivresses. L'impossible vie, la perfection de ce qui
n'existe pas. Il cesse de chanter comme une femme et
me dit «Les aigus, ça m'a toujours fait pleurer de bonheur, je voulais être un castrat. Dommage». Il ferme
son Steinway & Sons. D'un geste volontairement théâ-
tral, il pose ses lèvres sur le piano, feint l'adoration et la
petite larme avant d'y déposer un caillou blanc qu'il
écrase, triture, étale à l'aide de sa carte bleue. Deux
lignes blanches, parfaitement parallèles, également
épaisses, s'étirent sur le noir laqué. Il sort une paille en
métal d'une poche – peut-être est-ce de l'argent ? – et

me la tend. « Non, merci, moi ça va. » Il sniffe d'un seul trait une ligne, regarde l'autre et souffle comme pour éteindre des bougies. La poussière blanche disparaît dans une danse aérienne engloutie dans le blanc du salon. Une seule et même blancheur sans l'éclat de sa symbolique. Il prend une télécommande qu'il dresse comme une flèche vers le plafond. « Vissi d'arte » résonne sur la péniche. Il s'accroupit tout près de moi, caresse les talons de mes escarpins, baise le cuir. Une main cherche à atteindre mon genou, veut monter plus haut encore, je fais un pas de côté.

J'ai chaud. J'ai froid. Je ne sais plus si je veux partir ou rester, désarmée face à l'homme qui a été, ou qui n'a pas été, l'enfant à l'impossible rêve. Est-ce son histoire, celle qu'il vient de me raconter ? On ne joue pas avec l'enfance, ses rêves. Rire ou pleurer ? Ça s'agite dans ma tête. Je sens la blessure et le cri qui me déchire. Il se relève, me propose un autre verre : « Tu en veux n'est-ce pas ? » Je ne dis ni oui ni non. Son téléphone sonne, il y jette un coup d'œil, cette fois-ci il décroche : « Allô, fais vite, je suis avec une philosophe, c'est du sérieux mon pote. » Il écoute, ne dit rien mais me dévisage. Il raccroche.

– C'est une invitation pour une fête qui se prolonge. Ça te dit de venir avec moi ?

Je réponds avec un sourire forcé. « Non, merci, il est déjà trop tard pour moi, je n'aurais même pas dû passer chez toi. » Je cherche un numéro de taxi sur mon portable, mais Thomas est plus rapide, à peine a-t-il dégainé le sien que l'opérateur est déjà au bout du fil.

– Pont Alexandre-III s'il vous plaît, tout de suite, oui, nous sommes très pressés. Je vais te déposer, me dit-il en raccrochant, attends-moi deux minutes, je vais changer de chemise.

Mon manteau vite enfilé, mon sac sous le bras, j'attends. Deux minutes, c'est long lorsqu'on n'est pas à sa place. Une porte claque, Thomas se met devant moi, complètement nu. Sur son visage la même grimace que je lui ai vue au club, avachi sur la banquette du VIP, avec sa bouteille, cinq cents euros bus au goulot. Une excitation désordonnée le pousse vers moi, il veut m'embrasser, me déshabiller. Ses yeux explosés parlent, mais c'est la langue des speedés, les mots vides, la vie qui s'en va dans une joie chimique, vaine. Il me fait de la peine avec son corps de martyr privé de rédemption. Corps qui n'appartient plus à personne, qu'il donne comme on cède sa place dans le bus. Je le repousse et cours vers le quai.

Près du pont Alexandre-III il y a un taxi qui attend. Je rentre chez moi.

TROISIÈME PARTIE

ECCE FEMINA

1

Le front collé à la vitre, le regard qui se fige sur voitures, arrêts de bus, piétons impatients : la ville au réveil qui se met à trottiner, maladroite comme un enfant. J'ai la pose relâchée de l'adolescence, parce qu'il est sept heures et que je n'ai pas fermé l'œil de la nuit. Dans douze arrêts, ma vie recommence.

Un demi-sourire s'échappe de mon visage sans fard. Là-bas, toujours à la même place, le portail gris. Un vieil ami que je retrouve. Il ne me reste qu'à sauter de joie. Pied gauche, pied droit, pieds joints, « Saute, saute, saute haut, mademoiselle sauterelle. Saute, saute, saute haut, petit monsieur moineau. » Je vais y arriver. Moi, accrochée fermement à l'espoir d'une mutation, à tous ces hommes que j'aime, Kant et les autres, à ma bonne volonté. Le monde désenchanté est tout de même rassurant. C'est ce que je me dis ce matin en me dirigeant vers le lycée.

Le portail s'ouvre. Pour une fois, il n'est pas en panne.

Les jours de rentrée, les élèves arrivent plus tôt que d'habitude. Ils se réunissent par groupes, forment des attroupements bruyants, se charrient, crient, baladent leur insolence triomphante, s'assoient sur le dossier d'un banc, un joint échangé entre des mains qui se croisent. Ils sont tous là, l'air d'être les rois du monde. Les garçons et l'âge cruel où sans les bonnes baskets on n'est personne. Les filles et leurs jupes trop courtes même en hiver, parce que c'est ça une femme libre. Je lance un seul regard vers le troupeau. Ça me suffit pour savoir qu'il est là. Et comment pourrais-je ne pas le voir ? Même de loin, fondu aux autres, déguisé, ou fondu à la nuit noire, je saurais le reconnaître. Il lève la tête, se tourne vers moi et prend son regard d'homme que je ne vois pas mais que je devine. Mon cœur s'effrite. Droit comme une lame, Hadrien me fixe. Près de lui, l'élève de terminale STMG. Ça me revient à présent, c'est le rappel brutal de la réalité : il s'appelle Kévin, un des élèves que Martin a eus l'année dernière. Je fais semblant de ne pas les voir, c'est trop loin de toute façon, c'est trop tôt, je fabule peut-être. Mais les jambes et le cœur tremblent, la mallette risque de tomber de la main.

Dans la salle des profs, Martin est déjà là. L'univers se recompose dans les sourires incertains des collègues, doigts et gorges brûlés par le café ou le thé, récit des vacances, coups d'œil à l'horloge, à la montre, casiers ouverts, placards qu'on fait claquer, déjeuner froid dans Tupperware posés sur la table. Je vais embrasser la joue de Martin. Mes lèvres se collent à sa peau bien rasée, pendant que je me demande s'il les devine les lèvres qui ont voulu se poser sur moi, les bouches avides de tous les hommes qui m'ont payée. Lui, et tous les autres dans cette pièce, qui sait s'ils sentent cette odeur de soufre se dégager de mes nuits, l'odeur de l'argent, mon commerce grisant. De l'argent sale, diraient-ils.

C'est fini.

Ici, ça recommence.

Dans mon casier, parmi les feuilles blanches, il y a une enveloppe rouge.

Drancy, le 16 décembre 2005

Chère Madame,

Vous avez tout compris. Les autres profs ne sont pas à la hauteur. Vous savez faire et du coup, je regrette de ne pas avoir plus d'heures de philosophie. Ce n'est pas du blabla, vous verrez avec le temps que non. Je m'efforcerai de bien rentrer dans vos cours, de ne pas vous déranger et de prendre des notes.

J'ai réfléchi à la phrase de Marc Aurèle. Il est fort lui aussi. C'est comme ça que j'ai pris une décision. Je vais contacter Anne. Qui ne tente rien n'a rien. Je sais que le conte du prince charmant et de la princesse est une

utopie. Moi, je veux seulement être heureux et satisfaire
mes désirs quand ils me viennent.
Ça m'a fait trop du bien de vous écrire.
Merci.
Cordialement,
Votre fidèle élève, Hadrien

Je prends de l'avance sur la dernière heure de la journée avec ma terminale L. Du fond du couloir, j'aperçois
près de la porte, tapie dans le noir, la silhouette de
Wallen. Au fur et à mesure qu'elle approche, le cadre se
définit. La jeune fille ploie vers l'avant sous le poids
de son sac à dos, à ses pieds deux sacs plastique remplis de chips, boissons gazeuses, biscuits.

   — Tu as fait tes courses, Wallen ? Tu ne devrais pas
être en cours à cette heure ci ?

   — Si, m'dame… j'ai séché, m'dame…

   — Tu-as-séché !?

   — Oui, pardon, m'dame. C'est pour la bonne cause,
m'dame. Vous savez, c'était l'anniversaire d'Hadrien !
Dix-huit ans, m'dame, ça se fête ! Et toute la classe voulait lui faire une surprise. On comptait sur vous. Pour la
surprise. On aurait eu votre portable, m'dame, on aurait
appelé.

   — Et mon cours, mademoiselle ? Il n'est pas important, mon cours ?

   — Ouais, mais…

– J'ai vos devoirs sur table faits avant les vacances, en plus. Et ce n'est pas mal.

– C'est vrai, m'dame ? Vous voyez, une bonne nouvelle n'arrive jamais seule. Ma tante me le dit toujours ! Mais on peut faire les deux, m'dame.

Hadrien vient donc d'avoir dix-huit ans. La coïncidence me glace. Et si à la place de Kévin il y avait eu Hadrien ? Lui aussi aurait pu me surprendre. Mon regard se fixe sur la clé que je sors de mon sac. Clé que je tourne, retourne dans la serrure, un tour, deux tours à droite. Non, c'est peut-être à gauche, ça semble tourner à vide, cette maudite porte ne s'ouvre pas. Je sors la clé, je recommence.

– Ça va madame ?

– Oui, bien sûr Wallen, ça va.

Je titube de ne plus me souvenir exactement, ou de me souvenir trop bien, de ce que j'ai vu depuis cette scène qui m'a hissée au-dessus des hommes, du monde, de tout. Plus vrai que le cinéma, plus beau que la vie, la réalité se dissolvant au contact du fantasme et de ma félicité. J'aimerais te le raconter, à toi aussi, ma petite Wallen, qui sait ce que tu en penserais, et puis, remarque, ça te donnerait peut-être envie d'essayer, tu es bien foutue, ma grande – je pense à ça aussi, quand brusquement me revient à l'esprit la scène fatidique. Kévin et son père. Qu'ont-ils vu ?

La porte s'ouvre enfin. Je dois faire cours, tenir cinquante-cinq minutes sans cesser de mater les élèves. Je les regarde arriver par petits groupes, des ailes à la place des pieds, c'est la dernière heure, goûter-philo, on va bouffer du concept. Je dispose les bancs de manière un peu plus fantaisiste, j'imagine un parcours.

– Vous souvenez-vous des péripatéticiens ? Voilà, aujourd'hui, c'est à la grecque, en plus de la petite règle à intégrer avant de commencer : pour avoir le droit de goûter au banquet, vous avez devoir de parole. Parole intelligente et réfléchie, c'est-à-dire une bonne idée, une bouchée. Deux bonnes idées, une gorgée de Coca.

Pour une fois, tout le monde approuve, les bonnes idées viennent toujours avec le désir de quelque chose d'autre. Nous sommes tous prêts à commencer notre jeu, mais il nous manque la raison d'être de cette mise en scène pédagogique. Hadrien n'est pas là. Dans quelques minutes il sera en retard, et j'aurai le droit – mais est-ce un devoir ? – de l'exclure du cours s'il ne se présente pas avec un mot de la Vie scolaire. Je lève les yeux vers l'horloge comme vers le ciel. Tic-tac-tic-tac-tic-tac. Huit minutes et cinquante-deux secondes de retard. Il va arriver. L'espoir résonne en moi comme une prière. Et le temps miraculeusement s'arrête lorsque Hadrien nous apparaît, immobile sur le seuil, souffle court après la course. Il cache quelque chose derrière son dos. Tout le monde se tait, quelques élèves se postent devant le goûter-surprise en prenant des poses clownesques.

– Je suis désolé pour le retard, madame.

Il avance vers moi, sa main droite derrière le dos, et j'ai soudainement peur. Un réflexe me fait reculer comme pour éviter le coup porté à ma vie putassière. Mais Hadrien sourit, me tend un mot de la Vie scolaire qui justifie son retard. C'était donc ça, l'arme qu'il cachait ? Ma première impulsion c'est de lui sauter au cou, le serrer fort dans mes bras, plonger mes mains dans ses cheveux longs, ébouriffés de jeunesse sombre, et parler avec lui. Mais je suis la prof, je lui demande de prendre place.

J'expose mon corrigé sur le thème de la responsabilité fait de tous leurs mots pendant qu'ils se goinfrent, bouche pleine, joues rondes comme celles des enfants, quelques rots étouffés dans la manche d'un pull que je fais semblant de ne pas entendre, rires convulsifs. Je me lance dans les explications avec une passion qu'ils n'ont peut-être encore jamais vue émaner de moi. Je plane et surveille de moins en moins mon discours :

– Nous avons à questionner la nature du lien que nous entretenons avec nos actes, l'intériorisation d'une autorité, et par là le caractère réflexif de toute responsabilité… dans quelle mesure sommes-nous dans ce que nous causons ? De quoi sommes-nous responsables ?

Les élèves décrochent, plus la peine de leur infliger cette souffrance sous prétexte de pouvoir la leur faire avaler avec du Coca. La métaphysique ne tient pas la route comparée aux chips et autres friandises. J'ai si mal fait leur bien, aujourd'hui, en voulant seulement être aimée par eux, me rassurer dans mon petit rôle,

ON NE TOUCHE PAS

éprouver la petite jouissance du retour à la vie normale que je m'impose.

Il n'y a qu'Hadrien qui s'efforce de suivre, plisse les yeux pour y voir clair, ose lever le doigt tandis que tous les autres, dos tourné, s'appliquent à faire disparaître les derniers gâteaux.

– Je me souviens que la responsabilité personnelle est très liée à la liberté... mais je ne comprends pas très bien. On n'est pas si libres que ça...

– C'est tout le problème... on n'est pas si libres que ça.

Démoralisée par mon cours, je me tais. Je me suis égarée dans un prêche médiocre, et les élèves ont le don de percer à jour le mauvais catéchisme, c'est pour ça que régulièrement ils décrochent.

Ça sonne.

Au revoir.

Tout le monde chez soi.

Je reste encore quelques minutes pour ramasser les sachets vides, les bouteilles éventrées tombées sous les bancs couverts de miettes.

2

Dans la salle d'informatique, j'attends mon tour pour me servir de la photocopieuse. Il y en a trois, mais aujourd'hui il n'y en a qu'une qui fonctionne. Ça n'arrive pas souvent, d'habitude nous pouvons compter sur deux machines. L'angoisse est palpable. Un collègue se met à mâchouiller de petits bouts de papier. De temps à autre, quelqu'un est pris de violentes quintes de toux. Au-dessus de la machine, face à la file d'attente qui se tortille comme un ver de terre, une horloge murale. Y arriverai-je, ou n'y arriverai-je pas ? Nous sommes nombreux à préparer les cours au dernier moment, ou à ne pas les préparer du tout. Les photocopies suivent, essoufflées. Le lundi, je ne sais pas quels seront les documents dont j'aurai besoin la semaine suivante. Après quelques années de pratique, on arrête tout net de préparer ses cours. Deux heures de classe, ça correspond à un travail de préparation qui peut aller jusqu'à six heures. Les enseignants du secondaire ont entre quinze et dix-huit heures de cours par semaine – sans compter les heures supplémentaires –, des devoirs à corriger par centaines – une seule dissertation, si elle est correctement lue et évaluée, prend entre vingt et quarante minutes –, mais il y a aussi les conseils pédagogiques, les réunions par équipes, la réunion de la commission éducative, les réunions pour la mise en place du socle commun, les réunions parents-profs, les réunions pour préparer les réunions, les conseils de classe, les heures de trou pendant lesquelles on doit rester « à disposition », les heures de transport, les insomnies, le temps vidé de sa substance par l'angoisse et la dépression. Les vacances scolaires sont une lente et pénible agonie. Nous tremblons de trouille de retourner au lycée. Mais nous avons la sécurité de l'emploi, en plus de l'aura des gens de bien. C'est mal payé, mais la conscience tranquille et l'illusion d'être utile n'ont pas de prix.

C'est à moi. La machine commence à cracher les feuilles du contrôle que j'ai prévu pour aujourd'hui. J'ai élaboré un nouveau concept de devoir sur table, pour tester leurs connaissances. L'injonction des inspecteurs est très claire : « Il ne faut pas les mettre en difficulté. » J'obéis, je les aide : des QCM en philo, avec trois propositions de réponses et les corrections au stylo vert, car le rouge est « traumatisant ». Je ne me casse plus la tête. Je ne suis pas payée pour faire de la philosophie, seulement de la garderie aménagée. Ainsi soit-il.

« Qui a prononcé la phrase : *Cogito ergo sum* ? Platon, Cyrano ou Descartes ? Qu'est-ce que le *Dasein* ? Le manifeste communiste de 1848, l'être-là de l'être humain ou le non-être ? »

La photocopieuse émet un bruit inquiétant. Un râle qu'on pourrait prendre pour du plaisir. Bourrage papier, je lève les mains : « C'est pas moi », petits cris suffoqués derrière mon dos, gémissement général. C'est un véritable drame, les fronts transpirent la colère, les yeux se plissent. Tout l'échec de l'*homo technologicus* se résume en quelques feuilles massacrées par le dysfonctionnement d'une machine à photocopier. Nous sommes tous pris de coliques. Mais le pire est à venir. Moi, j'ai eu de la chance. Après avoir débloqué la machine, j'ai à peine terminé mes photocopies que sur l'écran tactile apparaît l'inscription la plus redoutée : « Changer toner ». Je m'en vais et les laisse gérer l'apocalypse. C'est tout d'abord à l'école qu'on goûte au plaisir essentiel de jouir de la souffrance des autres. Nous n'avons pas quitté la cour de l'enfance et ses sales jeux.

Je glisse une main dans mon sac pour m'assurer de ne pas avoir oublié la lettre pour Hadrien.

Paris, le 10 janvier 2006

Cher Hadrien,
Je suis désolée pour le retard de ma lettre. Pour des raisons indépendantes de ma volonté, je n'ai pu lire la

tienne qu'après la rentrée. Entre-temps, la vie t'aura peut-être donné des réponses. J'ignore si tu as pu joindre ton amie. Peut-être avez-vous déjà renoué.

J'ai une seule petite recommandation à te faire. Sois vigilant, le désir est capricieux. Et parfois, il n'a rien à voir avec le bonheur. Il nous faut apprendre à ne pas désirer ce qui va nous faire souffrir (révise les stoïciens) ; il nous faut apprendre aussi à mieux comprendre nos désirs (révise Spinoza). N'oublie pas qu'un désir mal compris est un désir qui nous pousse vers ce qui nous semble être bon pour nous, mais qui est en réalité mauvais.

Bonne chance.

Sincèrement,
Joséphine

3

Depuis quelques semaines, Hadrien n'est présent à mes cours qu'une fois sur deux. Je n'ose pas lui demander des explications, encore moins écrire un mot sur son carnet. Dans mon casier, plus de lettres. Aujourd'hui, il a quitté la classe sans me dire au revoir, tête enfoncée dans les épaules. Le doute me ronge. Le soir, avant de m'endormir, je revis la scène de l'épouvante, le spectacle de mon inconsistante vanité, moi sur le podium, Kévin qui déambule dans la salle. Je me réveille avec les mêmes images de cauchemar.

Dans la salle des profs, la fin de la journée approche, les regards se perdent entre les lignes des copies à corriger ou vers les fenêtres. La journée s'étire lentement vers le dernier cri de la sonnerie. Pendant que je pense à ranger mon casier avant de partir, je jette un coup d'œil dans la cour. Le prof d'EPS se dirige au pas de course vers le proviseur. J'entends vociférer des élèves, mais où sont-ils ? Je ferme mon casier et, mes affaires sous le bras, je me presse de sortir. Au moment où j'arrive dans la cour, le collègue d'EPS lance :

— Les abords du lycée sont bien sous votre responsabilité, monsieur le proviseur ?

— Oui... pourquoi ?

— Eh bien, il y a un dealer. Les élèves m'ont dit qu'il vend des drogues dures. Venez constater pour pouvoir appeler les forces de l'ordre.

— Mais que voulez-vous que je fasse ?

— Comment ça ? Que voulez-vous que je fasse ? Je vous l'ai dit, constater les faits pour pouvoir agir.

— Mais je ne vois pas...

— Les abords sont bien sous votre res-pon-sa-bi-li-té ?

Je vois le proviseur reculer, devenir vermeil, et se diriger vers la loge du concierge. Dans un dernier souffle de vie, il lâche des mots que je n'aurais pas voulu entendre :

— Vous savez... les abords, quand même... la notion est assez floue...

— Elle n'est pas floue quand ça concerne les chahuts des élèves, mais elle est floue quand il s'agit de drogue ?

Non loin de la sortie, Hadrien marche au pas cadencé du soldat. Mon collègue court pour le rattraper. Je comprends l'attitude butée d'Hadrien, le risque qu'il va prendre et je me presse à mon tour vers le portail du lycée. Je le vois avancer sans jamais se retourner, il se colle à la grille de l'enceinte, grimpe dessus comme un félin, et disparaît dans un dernier bond vers la route, le trottoir où il va décharger sa foudre, je le sais. Je passe le portail peu après le professeur d'EPS, j'ai à peine le temps de voir deux masses de muscles et de sueur mélangée aux larmes de rage qui s'affrontent dans un corps-à-corps féroce, avant que le collègue les arrête et que le dealer prenne la fuite. Je n'ai rien à dire, seulement mon affection par une main tendue, parce que je ne me suis pas trompée sur Hadrien, j'ai deviné l'étoffe de ses émotions. Tous les trois, nous nous dirigeons du même pas vers le lycée. Notre silence est interrompu par les mots d'Hadrien : « C'est un criminel, il a donné de l'ecstasy à mon petit frère, il fait la sortie des écoles. »

Hadrien risque d'être sanctionné. Il a quitté le lycée sans y être autorisé pour se battre dans la rue. Je me demande quelle décision le chef d'établissement va prendre. Je crois que j'en perdrais ma dignité si je laissais faire. Je débarque dans le bureau du proviseur sans me faire annoncer. En train d'enfiler son manteau, celui-ci s'apprête à quitter le lycée. Il prend un air faussement surpris et me demande si je vais bien – « Vous êtes pâle, que vous est-il arrivé ? » – puis il regarde sa montre, me dit « Je n'ai pas le temps, veuillez m'excuser, prenez rendez-vous s'il vous plaît ».

Je me place devant la porte.

– Qu'allez-vous faire pour Hadrien ?

– Hadrien ? Je ne vais rien faire puisqu'il ne s'est rien passé.

Il me pousse avec précaution de sa main hésitante

– «Veuillez m'excuser, madame» –, se faufile dans l'entrebâillement de la porte et disparaît.

Le lendemain matin, Hadrien guette la rue qui mène au lycée depuis l'arrêt de bus. Je l'aperçois de loin. Je sais que c'est moi qu'il attend. J'ai l'impression que mon cœur fait des bonds, les mêmes qui me faisaient sursauter, à l'époque du collège, aux fêtes d'anniversaire de camarades, lorsque immobile et droite, sans respirer, comme morte, j'attendais, en vain, qu'un garçon tende la main vers moi. Une fois la fête finie, je me remettais à respirer. On ne peut quand même pas mourir à cause d'une danse qu'on n'a pas dansée. De près, le visage d'Hadrien m'offre la cartographie exacte de ses émotions turbulentes. Les coups subis ont laissé des marques bleues sur joues et menton. Les cernes dénoncent la nuit sans sommeil, mais la lueur de ses yeux l'emporte.

– Merci madame.

– Il n'y a pas de quoi me remercier, lui dis-je. Je n'ai pas eu besoin d'insister. Tu n'auras pas de sanction.

– Non madame, ce n'est pas pour ça. Je m'en fous des sanctions. Vous êtes sortie avec moi pour chasser le dealer. C'est ça qui compte.

Je souris intérieurement. J'aimerais le serrer dans mes bras, mais reste parfaitement immobile.

Il regarde ses chaussures, ajoute :

– Au fait, je lis Spinoza. C'est très bien, même si je ne comprends pas tout. Ça aide. Merci madame.

Mains dans les poches, il s'en va en me souhaitant une bonne journée.

4

Cette nuit, j'ai reçu trois appels provenant d'un numéro masqué. Deux heures quarante-trois. Quatre heures douze. Cinq heures cinquante-huit. Je saute du lit. Mon premier désir aujourd'hui, c'est de savoir qui a bien pu m'appeler. Cela me suffit à trouver le café moins amer, et à mettre des talons de cinq centimètres, des collants noirs vingt deniers. Je glisse le portable dans la poche de ma jupe.

Dans la salle des profs, quelques regards se lèvent au bruit de mes pas. Toc-toc-toc. Martin s'arrête de parler. Je fais semblant de ne pas l'avoir vu. Il est debout, face à Claire et Mme Louis qui, assises collées serrées, étaient certainement en train de l'écouter. Il poursuit ce que mon arrivée a interrompu.

– ... il y a beaucoup de profs égalitaristes, ils sont pour l'allégement des programmes. Dans leur volonté de détruire l'école actuelle, deux principes sont à l'œuvre.

Je bouge au ralenti pour continuer de l'entendre.

– Tout d'abord, celui que j'appelle la «castration herméneutique», je vous explique : les élèves sont désormais impuissants à interpréter, incapables de faire une dissertation. Dans un monde de «droit à», ils sont dans la consommation, et pas dans le doute, encore moins dans la réflexion. Ils sont incapables de mettre les choses à distance, ils sont dans l'immédiateté, et nous savons bien que toute culture, que la pensée elle-même n'est rien d'autre que médiation. Ensuite, il y a ce que j'appelle le «principe de la vitrine» : les programmes ne sont qu'une vitrine, mais les mannequins sont nus. On propose au client des objets d'étude, mais l'ordre chronologique est banni depuis les années quatre-vingt, il n'y a plus aucune substance, que de la gueule, parce qu'on vit désormais dans le présent et seulement au présent. Ça relève de l'humanisme bourgeois.

Je m'approche d'eux, dis seulement «C'est ça, c'est tout à fait ça».

Les yeux de la jeune Claire brillent, Mme Louis se lève et s'en va faire son devoir. Moi aussi.

J'enchaîne les heures de cours sans aucune émotion. Surtout, ne plus trembler, pas d'états d'âme, je m'en fais la promesse. Parce qu'au fond, tout ça n'est qu'une question d'habitude, un jour je ne ressentirai plus rien. Plus de déception, pas d'humiliation, un rien de vie. Je récolte la maigre moisson de devoirs à rendre aujourd'hui, une trentaine de copies pour deux classes, soixante-trois élèves qui savent que je dispose de trop faibles moyens pour sévir. Le zéro est pratiquement interdit, les notes trop basses aussi. Je me demande pourquoi je m'obstine à donner des devoirs à la maison. Que leur reste-t-il à gagner s'il n'y a plus rien à perdre ?

Dernière heure de cours. Un sifflement émis par quelques têtes ici et là arrive jusqu'à moi. Ils ont l'habitude de me voir avec des chaussures plates. Aujourd'hui, les cinq centimètres de talons leur donnent le prétexte de l'enthousiasme désordonné et de la moquerie. Ne pas réagir, faire semblant d'être sourde, aveugle, imbécile. Tellement plus intelligente qu'eux. J'œuvre pour leur bien, je ne me laisserai pas avoir, c'est moi qui joue le plus beau rôle dans cette histoire, je suis une comédienne. Et quelle magnifique scène, la vie au lycée ! Ainsi parlait ma formatrice à l'époque de l'IUFM où ma naïveté tenait lieu d'espoir. Je cherche le visage d'Hadrien. Il n'est pas là. Je me déplace et parle machinalement. Quel gâchis l'existence lorsqu'on attend seulement que ça passe. Je sors mes notes et je dicte :

— La conscience morale naît d'une ambivalence des sentiments : là où il y a une interdiction doit se cacher un désir...

Lény, bras croisés, se balance sur sa chaise. Wallen ne prend pas le cours, sur sa table pas de stylo, pas de feuille. Leur désinvolture m'écœure.

— Je préfère écouter, m'dame, me lance Wallen, je n'arrive pas à me concentrer si j'écris.

Elle pouffe de rire. Elle me prend pour une pouffiasse. En même temps, Lény fait une liste non exhaustive de leurs droits d'élèves parmi lesquels figure celui de ne pas être obligés de prendre des notes puisque la liberté est sacrée en France.

Dans ma poche, une vibration couvre l'écho de leurs voix. La salle de classe n'existe plus. Je saisis mon téléphone, c'est le numéro masqué. Je sors dans le couloir. « Allô ? » Silence. « Allô ? » Une voix tremble, au loin. J'écoute, oreille tendue, pensées immobiles.

J'y retourne, pense soudainement à demander les devoirs à rendre. Une trousse atterrit à côté de mon bureau. Silence. Regards qui cherchent une issue de secours vers le plafond, par-delà la fenêtre, sous la table, dans le sac à dos. Je ne cherche même pas à savoir qui l'a lancée. J'avance vers eux, j'exige mes copies. Huit élèves sur trente-trois ont travaillé chez eux. Je caresse les quelques feuilles du sacro-saint travail fait-maison que de rares mains me tendent pudiquement, et les range dans une pochette. Cela doit faire environ trente-huit copies pour quatre-vingt-seize élèves. L'incalculable échec – est-ce le mien ou celui de toute l'Éducation nationale ? De la France entière ? Des pédagogues ? Du ministre, de sa femme ? – s'étale sous mes yeux qui préfèrent se diriger vers la tache blanche, le tableau, uniforme trou vide. Je préférais le noir de l'ardoise, la craie qui crisse. Dos à la classe, je tire ma révérence au tableau, je ressens l'extravagante gravité du moment, d'une époque, de ma vie peut-être, et je m'égare dans un fou rire, tellement fou que je ramasse mes affaires éparses sur le bureau, pochette, sac, stylo, et sans même jeter un négligeable coup d'œil en direction des élèves, je prends la direction de la porte que j'ouvre, referme derrière moi, claque un peu, pas trop, c'est mieux. Une sortie de scène ne doit pas être fracassante, pourvu qu'elle soit insolite, originale. La voilà la scène dont parlait ma formatrice. À quitter avec panache. Ou en mourir.

Dans le couloir désert, une demi-heure avant la dernière sonnerie, il n'y a plus que le léger toc-toc de mes talons. Derrière moi, j'entends une porte s'ouvrir et la voix de Wallen qui me lance :

– Madame, vous allez où ? Le cours n'est pas fini.

5

Je me suis habillée en blanc. J'ai mis une robe mi-saison, même s'il fait frais. J'ai acheté un bouquet de tulipes et des magazines féminins. Elle aime les fleurs et les mannequins photoshopés. Je suis arrivée en avance pour me préparer à cette rencontre. Ça fait trois mois que nous ne nous sommes pas vues. J'ai l'impression que cela fait une éternité. Fleur et le monde de la nuit me paraissent si loin. Je me demande si elle a changé de coupe de cheveux, elle a peut-être de nouvelles mèches. J'exclus les faux seins.

Après être passée à l'accueil, je vais m'asseoir dans la salle d'attente. Je reste immobile, ma robe pourrait se froisser. Autour de moi, tout est blanc, excepté les chaises, du vert jade qui s'étale par rangées. Sur le mur face à moi, les *Nymphéas* de Monet. Partout, une odeur de désinfectant et de médicaments. Je fourre mon nez dans les pages satinées des revues. Ça me fait du bien de sentir ce parfum. Je rouvre les yeux au bruit des pas ouatés qui se dirigent vers moi. Une infirmière s'approche, me dit «Elle se réveille, vous pouvez y aller maintenant, chambre 203, sur la gauche au bout du couloir». Pas besoin d'expliquer, un sourire ça suffit. Elle a vu des centaines, des milliers de femmes dans la même situation. C'est son travail, écouter le cri, déchiffrer l'angoisse de cet arrachement intérieur qui saignera toute leur vie durant. Je la remercie sans mots et je me lève.

Fleur ouvre les yeux au moment où je pousse la porte de sa chambre. Toute à sa léthargie médicamenteuse, elle ne bouge pas, sourit faiblement. Ses cheveux sont courts, plus bouclés qu'avant. De la pâleur de son visage se détache le violet des cernes. Ses pupilles vibrent d'émotion. C'est de la douleur. Fleur, poupée de porcelaine, dans un lit blanc, assommée par l'anesthésie, lève le bras droit, veut enlacer ma main de sa main. Je la serre dans mes bras, je l'embrasse sur sa joue chaude. Ma poupée.

Nous attendons le passage du médecin, puis je la raccompagnerai chez elle. Je ne veux pas savoir pourquoi elle a pris cette décision. Soudain, je regrette de ne pas l'avoir cherchée, appelée. Le choc d'avoir été démasquée a anesthésié mon cœur, effacé d'un coup l'intensité des émotions nouvelles que la nuit m'avait apportées. Oublier, c'est ça qui comptait. Mais Fleur, elle, ne m'a pas oubliée. Ferme les yeux, repose-toi ma poupée, je suis près de toi, et j'y reste. Si belle, vulnérable, elle pose une main sur son ventre, le caresse, puis le frappe faiblement. J'ouvre la bouche mais les mots restent coincés dans ma gorge. Fleur pose un baiser au creux de ma main, me dit «Ce n'est pas grave, demain j'aurai déjà oublié. J'aurais dû faire attention, ça ne m'arrivera jamais plus».

6

Dans le lit à baldaquin de Fleur, je me serre tout
contre elle qui raconte machinalement la nuit, tout ce
que j'ai raté depuis mon départ. Ma main dans la sienne,
collée à elle, je me souviens. Les rideaux et les lumières
tamisées, les sexes érigés qu'on devine sous le renfle-
ment du tissu, la jarretière où sont glissés les tickets,
l'argent, et le corps de Fleur. Je connais les plis autour
de son genou, ses mamelons, son visage embelli par le
maquillage ou marqué par la fatigue. Je connais l'éclat
de sa perfection, le petit défaut qu'elle cache avec du
fond de teint, la forme de chaque goutte de sueur. Son
corps, comme si c'était le mien que je tiens fermement
contre moi, sous la couette. Je suis épuisée mais je
n'arrive pas à dormir. Fleur a déclenché un raz-de-
marée dans ma tête, peut-être l'urgence de briser la
peur. «J'ai récupéré ton casier. Je me suis dit que tu
avais besoin de temps, ou que peut-être tu avais trop de
travail. Tu ne vas quand même pas rester fonctionnaire

toute ta vie ? Tu vas devenir laide, mal fringuée. Je t'imagine, avec des robes à froufrous pour vieille ! »

Fleur s'est assoupie. Pendant mon sommeil léger, je fais un rêve. Je marche sur la pointe des pieds, j'exécute une pirouette avec révérence. Une fois, deux fois, trois fois. Je porte une jupe à quilles, un corset noir. Pas de bas, ni de chaussures. Sur mes orteils, un beau rouge, je serre le flacon de vernis n°11 Spicy Red dans ma main. Je cherche la route pour aller à l'école mais une voix s'élève. On appelle Rose Lee. Qui parle ? Je cherche. Je regarde à droite, à gauche. Il n'y a personne mais j'entends une voix : « Je t'ai reconnue à ton allure, je ne t'avais pas oubliée, Rose Lee. »

Il est six heures du matin, je me glisse hors du lit pour rentrer rapidement chez moi avant d'aller au lycée. Je ne prends pas de douche, je ne change pas de vêtements. Je veux garder nos odeurs mélangées, les restes du maquillage de la veille, mes pensées embrouillées. Mais sans froufrous.

Sur l'esplanade devant le lycée, je ne vois que des gros tas de poussière noire et des poubelles déformées par le feu. J'avais complètement oublié que depuis deux jours la banlieue brûle, j'y repense seulement à l'instant. Je me demande si je devais réellement venir aujourd'hui. Quel jour sommes-nous ? Passer du temps avec Fleur m'a totalement éloignée de la réalité. Je marche sur mes débris. À l'intérieur de l'établissement, ça remue de partout, ça vocifère. La salle des profs, on dirait une place publique à l'heure du marché : poissonnier et boulangère s'égosillent, la foule s'agrège, se désagrège, les uns se cognent aux autres. On n'entend pas de sonnerie retentir, je ne sais pas s'il faut faire cours ou pas. Dans les couloirs, dans les salles, c'est le même désordre. Les élèves arrivent par vagues, repartent aussitôt. Sur l'esplanade, des groupes se forment. Ça gueule « Non au CPE, oui au CDI ». Nous allons être à nouveau confrontés aux débordements qui accompagnent ce genre de manifestations. Je croise Hurley. « Pas de cours aujourd'hui, me dit-il, tout le monde descend dans la rue pour le cortège. » Il m'invite à le suivre. « Il faut encadrer les élèves », lance-t-il d'une voix suppliante. Il a peur. Son fils, inscrit en terminale dans l'un des autres lycées de la ville, doit certainement participer à la manif. Dans la course maladroite du collègue, je vois le père partir désespérément à la recherche de son môme. Je déteste les manifestations, je n'ai jamais participé à un quelconque défilé. La possibilité de la violence urbaine m'a toujours éloignée de ce genre d'expérience. Il m'est pratiquement impossible d'aller crier ma colère, mes droits et ma misère dans des rues remplies de monde. Je vais en profiter pour m'avancer dans la préparation des cours.

Je zigzague dans le couloir où élèves et collègues avancent comme des projectiles aveugles, tous avec la même grimace, de l'inquiétude mêlée à de l'effervescence. Un désir puissant circule enfin dans l'établissement qui devient maison, chose aimée. Dans la cohue, j'aperçois le proviseur. Lui, il avance droit vers moi. Il est trop tard pour changer de direction, me jeter moi aussi dans la foule qui se dirige vers la rue, le monde. Je suis invitée à le suivre, nous marchons à contre-courant vers l'administration. Pendant qu'il feuillette hâtivement le courrier posé sur son bureau, je m'accroche à ma petite bouteille d'eau : avaler la répugnance que le petit homme rougeaud m'inspire, dissoudre la crainte du sermon dans une gorgée. Mon regard se relève après être tombé sur les doigts trapus, l'annulaire gauche boudiné par la minuscule alliance, des mains qui palpent, froissent, cornent les feuilles de papier, l'index imbibé de salive. Il ne me regarde pas, on dirait qu'il prend son temps, je crois entendre le vacarme intense de ses pensées confuses. Sur le mur vert-jaune derrière lui, l'attestation de réussite au CAP soudeur – je savais qu'il avait commencé sa carrière d'enseignant dans cette spécialité –, sur son bureau des photos encadrées.

– Vous voulez peut-être quelques jours, madame… pour vous reposer ?

Pas de prémices, nous entrons dans le vif du sujet. Ce n'est pas le moment de fléchir sous la peur et le doute et de me demander « Que sait-il de moi ? ». Je réagis, la meilleure défense c'est toujours d'attaquer. Je me plains.

– Monsieur le proviseur, tous les jours je suis un peu

plus anéantie devant l'immensité de la tâche. Nous, les enseignants, nous ne sommes plus dans de bonnes conditions pour faire notre travail.

– Vous idéalisez trop, madame. Contentez-vous de faire votre devoir et de ne pas quitter vos élèves avant la fin du cours.

– Oui.

– Par ailleurs...

– Oui... ?

– Par ailleurs, de drôles de rumeurs circulent à votre sujet.

– Quel genre de rumeurs ?

– C'est stupide. Mieux, c'est invraisemblable.

– Si ce n'est que ça. Serait-ce de la vengeance à cause d'une mauvaise note ?

– C'est possible.

Il se lève et tend sa main pour serrer la mienne. Je bondis dans le couloir, loin de ses yeux sans le moindre éclat de lumière. L'envie soudaine de déféquer ne m'empêche pas d'avoir envie de rire, de crier, de me rouler par terre. Enveloppée dans de l'invraisemblable, l'évidence se dissout. Je n'y crois plus moi-même. Rose Lee, était-ce moi ? Kévin m'aurait-il vue sans pour autant en croire ses yeux ?

Je me heurte à Hadrien. Il est en sueur, ses cheveux en désordre tombent sur son visage, mais je sais son regard enflammé, son cœur brûlant. Je ne me retourne pas. Tête baissée, petits pas rapides, presque une course jusqu'à ce que son « Madame » résonne comme un appel. Je l'entends qui se dirige vers moi. Hadrien court, se dresse devant moi.

– Que faites-vous, madame ? Vous ne venez pas ?

Dans sa voix, un air de révolte, le germe des nobles exaltations qui le feront grandir. Il semble s'insurger contre moi et mon indifférence. Oui, Hadrien, j'allais tout bêtement travailler pendant que vous autres, vous serez dans la rue avec l'espoir de rendre ce monde meilleur.

– Madame, le lycée m'a désigné comme porte-parole. Je vais veiller à ce qu'il n'y ait pas de casse, vous comprenez ?

Sa voix déraille. Fausse note que dans son agitation il ne perçoit pas. Sans les mots pour le dire, il prend ma main. Je le suis. J'ai dix-huit ans. L'espoir me traverse. Nous sommes libres. Pendant quelques dizaines de mètres parcourus main dans la main avec mon élève, je ressens le frémissement de l'univers, l'inaudible force inespérée qu'Hadrien couve dans son cœur. Avant qu'on se retrouve sur l'esplanade où ses camarades l'attendent, je lâche sa main et le laisse me devancer mais je le suis, sans jamais l'abandonner du regard. Ce sera ma première manif, un jour de fête, alors que la ville va brûler. Dans la foule, j'entrevois Martin, quelques profs. Je m'approche d'eux, me joins à eux pour défiler contre le projet de loi sur le contrat de première embauche. Le moment est grave, mais j'ai encore envie de rire, danser.

Je me colle à Martin, beaucoup plus concentré que moi. Un bruit sourd, plus fort que tous les autres, me fait tourner la tête. Derrière moi, dans le groupe formé par quelques parents d'élèves, le père de Kévin avance en cherchant des yeux son fils.

Dans la rue presque déserte, Martin et moi arrivons au 12 *bis*. Pas de traces des violences urbaines de ce jour, la soirée de crémaillère de la jeune Claire va probablement se passer dans la paix et la bonne humeur. Du reste, il n'y a pas de raison que ça se passe mal. Les vacances de Pâques, c'est dans quelques jours, nous sommes heureux. Martin a insisté pour que je vienne. Je déteste retrouver la salle des profs en dehors de l'établissement. Mais ce soir j'ai accepté de me confronter à mes angoisses. Ce genre de soirées m'a toujours profondément ennuyée, j'ai toujours attendu qu'elles s'épuisent sans faste ni surprise. De toute manière, la fin arrive précocement, les invités craignent l'obscurité, ont le sommeil facile, l'ivresse rapide. Ce soir encore, j'ai essayé de m'intéresser à la pauvre petite Claire, déjà épuisée par le métier, mais cœur vaillant, volonté de fer. C'est ça, la jeunesse, ses illusions. J'ai aussi longuement discuté avec Mme Louis qui, dans un fugace instant d'ébriété, m'a demandé de la tutoyer. Je n'ai pas flirté avec Martin, même si cette perspective était la seule qui s'offrait à moi pour oublier brièvement le père de Kévin. Dans le cortège avec nos jeunes, cet homme qui avait été mon client a porté son regard sur moi. Sans réfléchir, bêtement prise de panique, j'ai quitté Martin en prétextant une migraine foudroyante. J'ai pris la fuite de la manière la plus naturelle possible, tête baissée, main lourdement posée sur mon front. Pour une fois, j'ai désiré porter le voile. Que mon Dieu me pardonne. Mais avant de quitter la foule et son agitation, je me suis retournée une dernière fois sans cacher mon visage, dévoilée, confuse. Cet homme, dont j'ai oublié le prénom, en balayant des yeux la foule à la recherche de Kévin, a de nouveau buté sur moi, mille questions ont déchiré son regard, un trouble l'a saisi, l'a fait sourire enfin. Ça m'a fait tituber parce que je n'avais plus peur. Le désir profond qui m'a traversée était d'être reconnue.

En ce moment même, je me laisse happer par la distance que la nuit a creusée en moi. J'aimerais surprendre dans les regards de mes collègues de l'inquiétude ou de l'impatience. Qui, parmi eux, a connu l'amour fou, l'extase des corps ? Qui a fait l'amour avec plus de cent femmes, avec plus de cent hommes ? Qui a vu l'Amérique, l'Asie, Tahiti ? Qui pleure en écoutant le deuxième mouvement du *Concerto en sol majeur* de Ravel ? Qui ne pense qu'à chercher l'inouï, l'inaccessible, la parfaitement impossible perfection de l'existence ?

J'abandonne tout le poids de mon corps sur le rebord du balcon, cherche un point d'appui, peut-être un nouvel équilibre.

– Que fais-tu ?

À la question de Martin je réponds par une autre question :

– Tu ne penses jamais à te jeter dans le vide ?

Mon téléphone sonne. C'est un message de Fleur.

7

Nous posons nos valises dans le petit deux-pièces situé dans le Vieux-Port. Fleur me donne le temps d'enlever le pull, les bas et, peau blanche sous la jupe en coton, nous sortons. Nos bras, d'abord frileux, se dénouent de leur paresse. Fleur m'attire vers elle, m'enlace, pose des baisers dans mon cou, comme une femme amoureuse. Je suis émue d'être sous le bleu sans nuage, elle et moi, baignées par cette débauche de lumière qui nous fait cligner des yeux. Nous nous dirigeons vers la plage des Catalans. Fleur a acheté deux billets Paris-Marseille, et m'offre quelques jours de vacances. Elle a oublié ses larmes, effacé son chagrin sous du vernis à ongles et du rouge à lèvres. Du rouge intense Guerlain.

À vingt heures, nous prenons un taxi qui nous conduit dans le VIIIe arrondissement. « Tu vas aimer mes amis », me rassure Fleur. Elle m'a prêté une robe, veut que je sois très belle. L'injonction de beauté m'amuse. Pure soie, décolleté plongeant de chez Givenchy. « Je fais des ventes privées, se justifie-t-elle, tu viendras avec moi la prochaine fois. » J'acquiesce au moment où nous arrivons à destination : le taxi s'arrête devant une maison entourée de cascades de lumière.

– Nous sommes les premières, apparemment… – Fleur embrasse sur la joue l'homme qui nous accueille. – Je te présente Joséphine, vous étiez collègues.

– Collègues ? Fleur ne m'a rien dit, fais-je, étonnée.

– Je crois qu'elle voulait ménager l'effet de surprise. J'ai commencé ma vie professionnelle en tant que prof, oui. Mais tout ça est loin derrière moi. Sauf… Venez, vous allez voir.

Marc, le maître de maison, nous conduit dans son salon où trône une imposante bibliothèque. Beaucoup de littérature française entre le fauteuil en cuir noir et la table dressée.

– En choisissant la littérature et l'enseignement, j'étais sorti de la trajectoire familiale, m'explique-t-il. Mais la famille m'a vite rattrapé. Comme mon père et mon oncle, je suis devenu gérant de boîtes de nuit. Ce n'est pas de la littérature, mais les gens sont souvent intéressants. Ils ont des parcours de vie qui mériteraient d'être racontés. C'est le côté le plus passionnant de ce métier.

Il nous sert à boire. Je savoure le champagne à petites gorgées pour faire durer le plaisir. Après le soleil, avec Fleur, la coupe entamée dissout ce qui restait en moi du regret de partir. Je m'accorde seulement quelques jours, je peux bien oublier le travail qui m'attend pendant les vacances de Pâques.

Marc me fait visiter, me conduit dans le jardin où l'eau d'une piscine illuminée réfléchit nos silhouettes comme dans un miroir. Ça sonne. Il se presse d'aller accueillir ses invités. Je reste là pour respirer profondément la fraîcheur du soir, j'attends son effet dégrisant. Mais les voix qui viennent du salon me semblent familières. Je rentre. Au bout du couloir, une coupe à la main, toujours à l'aise dans leurs habits légers, Coquelicot, Rebecca, Mélisse – que je connais seulement de vue – trônent dans le salon. Deux jeunes hommes sont avec elles. Voilà les reines qui se métamorphosent en enfants criards au moment où j'arrive. Fleur tape des pieds et des mains, amusée par sa farce. C'était donc ça, la surprise qu'elle avait préparée pour moi. Elles sont là pendant une vingtaine de jours, dansent dans la boîte de Marc et ses deux associés, tous amis du patron du club parisien. Fleur veut peut-être me pousser à reprendre du service. Il n'en est pas question, mais je ne lui en veux pas. Je me sens bien avec eux. Ce n'est pas seulement le champagne, le thon mariné, le filet de saint-pierre au beurre d'agrumes et poireaux, le millefeuille vanille. Ce n'est pas non plus la littérature qui veille sur nos plaisirs, ni la robe Givenchy. C'est l'indicible sursaut de vie qui me prend comme un vertige, l'illusion de la liberté, la joie de me dire que tout peut bien s'arrêter ici, avant les danses, avant la nuit. Fleur monte sur la table, ses pieds nus évitent habilement les assiettes et les verres à moitié pleins. Nous la regardons s'effeuiller en mouvements lents. Avec le naturel érotique qui lui est propre, elle nous offre ses seins. Fleur, sublime, qui enterre tout chagrin dans un geste parfait au rythme de la musique. Fleur qui veut toujours aller plus loin. Je monte à mon tour sur la table, je danse sa danse en me serrant contre elle. Non, Fleur, pas ton string. Tu es belle, danse avec moi.

8

Le lendemain soir, je découvre la boîte de nuit de Marc avec Fleur. Près de la piste, il y a deux petits podiums, on dirait des carrousels pour poupées. Au sous-sol se trouvent des niches gracieuses qui, parées d'un rideau de perles transparentes, font office de salons privés. Fleur part se préparer, je la suis dans une petite pièce transformée en loge. Les autres filles sont déjà là. Je remarque seulement maintenant que Mélisse a changé de coupe, que Coquelicot a mis des extensions et que Rebecca a de nouveaux seins. Parée de sa nudité, elle reste immobile devant une glace. Rebecca se jauge et Fleur lui lance distraitement « Oui, ils sont beaux ». Je mate leurs jambes musclées, l'impatience des mains qui coiffent, dégrafent le soutien-gorge, enlèvent la culotte, ajustent le string. Je regarde leurs bouches rouges, les paupières noires smoky. J'essaie d'imaginer leur première fois sur scène. Des jeunes femmes maladroites, n'arrivant pas à bouger, parfois empêtrées dans leurs gestes, se demandant « Quoi faire, c'est quoi une femme bandante ? ». À présent, elles savent.

Je les laisse se préparer, je monte et cherche une place près du bar. Petit à petit, la boîte se remplit. Les hommes s'affalent comme des bienheureux sur le comptoir. Coquelicot est la première à danser. Parfaitement souriante, joli visage de poupée. Exactement gracieuse, irréelle. On dirait que le temps ne passe pas lorsqu'on s'accroche à la scène. Sentir que quelque chose en moi pourrait demander « Encore » me froisse, car j'en ai fini avec ça, et j'ai besoin de me le dire.

Fleur fait son entrée dans la salle. Une robe longue et transparente l'enveloppe. Je me sens homme parmi les hommes, moi aussi l'œil avide, le désir de la voir nue. Elle se dirige vers moi, mais n'a pas le temps d'arriver jusqu'au bar. Un client se lève, l'invite à sa table. Je n'aime pas la main qui serre aussitôt l'avant-bras de Fleur, la tête penchée sur son épaule, la bouche qui voudrait déjà embrasser son cou. Ça la fait rire. Elle le repousse avec délicatesse, déplace le fauteuil pour se mettre face à lui, jambes croisées, une main posée sur sa poitrine. Ce geste suffit pour qu'il comprenne. Fleur a soif. Il sort le dom-pérignon du seau à glace.

Après son passage sur le podium, Coquelicot s'est accoudée au bar avec moi, elle se retourne de temps en temps vers un homme qui boit du whisky. J'assiste à sa parade pour essayer de décrocher une danse :

– Ça va être bien avec moi, tu verras.

– Oui mais qu'est-ce que tu vas faire de plus que les autres ? Dis-moi, explique.

– Je suis une femme d'expérience. Fais-moi confiance.

– Non, ce n'est pas assez, je veux des détails.

– Écoute, ça va ! Ici on n'est pas au souk de Marrakech, ok ? On ne vend pas de tapis, t'as compris ? C'est à prendre ou à laisser ! Moi, je m'en fous, tu comprends ! J'ai déjà acheté ma maison avec votre argent, tu comprends ? Espèce de bouffon, va !

Coquelicot se retourne vers moi, me dit « Viens, allons dans les loges, je vais me changer, j'aime pas cette robe ».

Fleur est déjà partie faire des danses pour son client. En allant vers les loges avec Coquelicot, j'entrevois son corps qui ondule, qui se cambre, des morceaux de Fleur que les rideaux de perles laissent apparaître et disparaître.

Elle est toujours là lorsque je sors des loges avec Coquelicot. Corps morcelé, Fleur, ombre et lumière, nue, toujours nue, Fleur. Je sais que ça va durer, ça va lui faire une bonne nuit.

Je tombe de sommeil, mais je l'attends jusqu'à ce que, plus de deux heures plus tard, elle vienne me retrouver au bar où j'ai pris racine. Ça me réveille, son rire d'enfant, la petite ivresse faite de joie mélangée aux bulles. Elle me montre son butin, fière, au bord des larmes, ça la fait rire.

– Tu l'as dépouillé, c'est ça ?

– À poil, ma chérie. Il est parti à poil. Demain, on va se faire un gros, immense plateau de fruits de mer, tu veux ?

9

Ce soir, c'est ma dernière nuit.

– Tu le sais que je dois partir, n'est-ce pas ? J'ai du travail avant la rentrée.

Fleur s'énerve, devient suppliante, menaçante. Feint l'incompréhension car elle sait que je voudrais plus que tout ne jamais la quitter. « Reste », insiste-t-elle. Mais je ne peux pas, je ne dois pas, même si c'est un arrachement. Les jours que Fleur et les autres passeront ici prennent l'aspect de multiples expériences que je raterai. Un gâchis, prendre mon train, me priver d'elles.

Fleur est taciturne. La nuit, elle boit, enchaîne les clients, provoque le mâle. Elle vient me voir après chaque danse, me demande « Tu sais combien de privés j'ai faits ce soir ? ». Quand elle boit, elle oublie tout, me dit « Demain je t'emmène à Cassis ». Non Fleur, demain j'ai mon train. Tu iras peut-être à Cassis avec les autres, mais moi, je dois rentrer à Paris. Elle repart contrariée, revient un quart d'heure, une demi-heure plus tard, me demander une nouvelle fois « Tu sais combien de privés j'ai enchaînés ce soir ? Demain, je t'emmène à Cassis ».

À la fermeture, je rentre avec Mélisse. Fleur a disparu, partie peut-être avec un client. Je me couche, sans pouvoir dormir. Tant mieux, car j'entends Fleur rentrer, enfin. Je ne lui pose pas de questions. Je sais qu'elle ne veut jamais s'arrêter, ne jamais dormir car « dormir c'est mourir », dit-elle. Fleur est là, blottie contre moi, elle embrasse mes cheveux, mes yeux, ma bouche, mes mains.

Le lendemain matin, elle m'accompagne à la gare.

10

Après Marseille, nuit paisible, sommeil profond sans cauchemars. Au réveil, pas de larmes, pas de diarrhée. L'horizon est ouvert, si le corps se porte bien, l'esprit aussi. Mon bien-être est palpable, j'ai l'impression de voler. Je marche comme si je dansais.

C'est la dernière rentrée avant les grandes vacances, l'unique moment de l'année où je n'ai pas envie de vomir ma vie.

Non seulement je n'ai pas essayé de rater le bus, mais je suis partie en avance pour avoir le temps de savourer le moment qui va faire le bonheur de plus de huit cent mille enseignants en France. Sur nos agendas, après les pages où nous déposons nos croix, une pour chaque jour travaillé, après les mois qu'on a barrés d'un trait de stylo rouge, il n'y a que quelques semaines à tenir avant la fin d'une autre année scolaire. Chaque jour sera un dernier jour.

Quelques stations avant d'arriver au lycée, Wallen, Lény et d'autres élèves montent dans le bus. D'habitude,

je me cache derrière les pages de livres, cahiers, magazines, tête enfouie sous un chapeau, regard menaçant,
l'air de dire « Surtout, que personne ne me parle ».
Aujourd'hui, je lève la tête, les regarde. Une pluie de
« Bonjour m'dame » tombe sur moi. Quelques passagers
se tournent en direction des élèves qui aiment toujours se
faire remarquer. Ils ont besoin d'afficher leur présence
dans le monde. « Nous sommes là, nous existons et nous
avons besoin que vous le sachiez. » Wallen vient vers
moi :

    – Qu'est-ce qu'on va faire aujourd'hui, m'dame ? On
peut réviser ? On a fini le programme, de toute façon…

    – Non, nous n'avons pas fini le programme. Réviser,
c'est votre travail, mademoiselle.

    Wallen affiche une mine déçue. Mais il est déjà temps
de descendre. Je les regarde se pousser, dégringoler en
cascade hors du bus, risquer de faire tomber une dame
pas très solide sur ses vieilles jambes, risquer aussi
d'arracher une des portes du bus. Lény s'est accroché à
un vantail pendant que Wallen le saisit par la manche de
son blouson délavé. Les vantaux se ferment après deux
ou trois claquements. Je n'ai pas bougé. Fermement collée à mon siège, j'esquisse un sourire, et regarde leurs
frimousses étonnées, le retour à l'enfance sur les visages
stupéfaits. J'ai l'impression d'entendre les mots confus
qui se pressent dans leurs têtes : « Mais qu'est-ce qu'elle
fait ? Où va-t-elle ? » Le bus repart, ils le suivent du
regard, hagards, immobiles sous la marquise, égarés. J'ai

envie de lever ma main, au revoir les enfants. J'ai tout simplement envie de marcher. Je descends deux arrêts plus loin. J'entrevois Wallen assise sous l'abribus. En me voyant arriver, elle se lève, et court vers l'entrée du lycée.

En classe, quelques heures plus tard, je distribue des fiches thématiques pour faciliter les révisions aux élèves. Wallen saute de joie.

– Je savais, m'dame, que vous n'alliez pas nous lâcher, je savais !

Hadrien a mis au propre toutes ses notes de cours, les feuilles sont rangées, j'aperçois des mots surlignés en vert. Il ferme son classeur dès que je m'approche de lui. Mon cœur fait un bond. Je sais que d'habitude il ne consacre pas beaucoup de temps à ses cahiers. Hadrien baisse le regard, donne un coup de coude à Lény. Son camarade est en train de s'enrouler les doigts de la main gauche dans du scotch. Ça crisse et la classe pouffe de rire. Un avion en papier égaré sur le banc de Lény. C'est une des fiches que je viens de distribuer. Ça recommence, l'exaspération et l'inévitable migraine. Les conseils de ma formatrice à l'IUFM me reviennent à l'instant : « Vous pouvez aussi faire semblant de ne pas voir ou de ne pas entendre. » Être sourd, muet, aveugle, autant d'atouts pour devenir un bon enseignant. Peut-être mon magistère est-il dérisoire, mais je ne suis ni sourde, ni muette, ni aveugle. Ça sort tout seul, je n'ai plus envie de faire semblant.

– À votre place, je ne me marrerais pas comme vous le faites. Assis là, sur les bancs que vous abîmez avec vos inscriptions obscènes, vous vous faites avoir.

Wallen lève les yeux et range sa lime à ongles, Lény, qui a achevé le rouleau de scotch, arrête de se trémousser sur sa chaise. Le bruit de fond se fait de moins en moins audible. Hadrien met tout son souffle pour sortir un long, sonore « Chut ! ». Son regard s'assombrit, il pose les coudes sur la table, me perfore de son regard chargé d'inquiétude.

– Tout le monde vous prend pour des imbéciles. Nos dirigeants, l'institution, mes collègues. Moi aussi. Et tout est fait pour que vous restiez des imbéciles. Vous vous êtes déjà demandé pourquoi on n'arrête pas d'alléger les programmes ? Ça ne vous fait pas réfléchir, ça ? Je vais vous le dire, pourquoi. Parce qu'on veut vous donner moins, et de moins en moins, pour faire croire à vos parents, à l'opinion publique et à la terre entière que vous assimilez vite et bien. Que vous êtes tous très intelligents. En réalité, on vous tire vers le bas parce qu'on a besoin de votre ignorance, et de votre incapacité à avoir une pensée très élaborée, profonde. C'est pourquoi vous devriez pleurer tous les jours, vous désespérer, vous mettre à genoux, nous supplier de vous enseigner l'histoire, la littérature, la grammaire, la syntaxe, implorer pour qu'on vous donne des œuvres complètes à lire, qu'on vous traite comme de vrais élèves à qui on impose silence, prise de notes, discipline, effort !

Pour une fois, je n'entends que ma voix dans cette salle où le silence ne règne jamais que pendant la nuit, le désert des vacances. Peut-être est-ce mon émotion, l'élan incontrôlé qui m'a saisie, le trop-plein d'impuissance et de frustration, toute ma douleur d'enseignante concentrée en cet instant dilaté et unique, mais je crois que les yeux d'Hadrien brillent, que quelque chose en lui est en train de craquer, ou de renaître. J'entends le silence des autres, c'est-à-dire leur présence, l'oreille tendue, le regard honteux, je vois la déception. Certains réfléchissent, regard rivé sur le cahier qu'ils ont sorti entre-temps. D'autres se tiennent droits comme des flèches.

– Très bien. Vous allez apprendre les fiches que j'ai faites pour vos révisions. Nous allons les approfondir la prochaine fois, préparez des questions, prenez le temps d'y penser.

Je termine mon cours dans le silence. Pour la première fois, les élèves rangent calmement leurs affaires après la fin de l'heure, et sortent diligemment. Trente-trois mômes me disent « Au revoir madame, merci ».

Je suis vidée. Je me dirige vers la salle d'informatique. Cela fait des semaines, ou des mois, que je n'ai pas consulté mon courrier professionnel. Chose que je déteste faire, d'ailleurs. Connectée sur I-Prof, j'ai l'impression de ne plus savoir lire. Je reviens à la boîte de réception. Déconnexion. Je mets l'ordinateur en veille, mon cerveau aussi. La nouvelle de ma mutation est tellement inimaginable que je n'y crois pas du tout. Il doit y avoir une erreur, c'est la seule explication, un problème dans le système informatique qui si souvent débloque. Je regarde dans mon casier, je vais certaine-ment recevoir un courrier du ministère rectifiant l'infor-mation.

11

Il m'attend au bout du square, sous le saule pleureur, tourné vers le Pont-Neuf. Je ralentis le tempo de mes talons aiguilles, j'ai envie de lui offrir mon allure élégante. Il ne m'a jamais vue perchée sur des talons. Habillé de noir, il fume une cigarette. De l'autre main, il serre contre lui les *Méditations métaphysiques* de Descartes. Je souris, songeant à la première fois où Martin m'a fait rire : une histoire extravagante sur Henri IV, le Vert-Galant, et les faiblesses des hommes. « Je ne comprends pas les infidèles » – il le dit souvent, et cela m'amuse.

Il se débarrasse de sa cigarette et me tend le livre de Descartes.

– Fascinant. Stupéfiant. Mais je préfère la littérature. Je ne sais pas si j'aurais fait un bon philosophe. Je trouve le pur concept agressif. Puissant, certes. Mais, au fond, terrifiant.

– J'aime ta façon d'attribuer de l'âme à ce qui n'en a pas. Tu as raison : le concept est terrifiant.

Je m'approche de lui, bras dessus bras dessous nous nous dirigeons vers la sortie du square. Je débite les plaintes habituelles.

– Je suis à bout de forces, je n'arrive même plus à aimer la fin de l'année… parce que ça va recommencer… j'ai l'impression que le monde s'écroule, que ma vie n'avance pas. Une autre année scolaire comme une fatalité, et je voudrais me tirer. Je n'en ai presque pas dormi cette nuit. L'abattoir de la rentrée prochaine, j'en tremble.

Je voudrais tout lui dire, avouer ma fuite, mon soulagement. La nuit et tout le reste. Parfois, j'ai l'impression qu'il le sait depuis toujours.

– Oui, moi aussi. Et dire que dans quelques mois nous allons retrouver, tête baissée et cauchemars dans la poche, l'armée souriante des travailleurs de l'esprit. Le pire, Jo, c'est que depuis trop longtemps, je ne me sens plus en vacances quand nous sommes en vacances. Le travail n'est plus du travail, le loisir n'est plus du loisir, tout devient indistinct. Plus de tension intellectuelle et donc plus de fête quand c'est fini. C'est l'apocalypse, personne ne veut plus faire ce métier, ça produit des déprimés, des malades. L'année prochaine, notre cher proviseur – je le sais de source sûre – va embaucher par petites annonces sur leboncoin.fr – mais toi, tu peux être heureuse avec ce qui t'arrive…

– Tu l'as appris ? Je voulais te l'annoncer aujourd'hui !

– Des nouvelles comme celle-ci, ça circule tellement vite.

Le courrier auquel je n'avais pas osé croire disait vrai. J'ai appelé le rectorat qui me l'a confirmé. J'ai obtenu une mutation. Sauf que pour cette mutation en particulier je n'ai pas les points suffisants, et c'est bien ce qui m'avait fait douter. J'ai été mutée au lycée Jean-de-la-Fontaine, XVIe arrondissement, Paris. Du luxe, mieux que gagner au loto. Parfois, c'est lorsqu'on arrête d'attendre que tout arrive.

Martin a réservé une table en terrasse dans la rue de Buci. Le vin rouge qu'on commande va m'arracher à l'inertie qui m'a envahie depuis la nouvelle. Je ne croyais plus à cette mutation, elle m'est tombée dessus. Que vais-je en faire ? Je suis obligée d'y aller, de toute façon. L'État oblige, je suis fonctionnaire. Je viens d'obtenir une promotion, je viserai khâgne et hypo-khâgne, les classes préparatoires, le gotha des petits profs métamorphosés enfin en fonctionnaires respectés car payés plus, bras désarmés de la sélection soi-disant naturelle, exécuteurs du sacro-saint programme, et où les mômes, ceux-là, les privilégiés, écoutent, prennent des notes, travaillent, respectent les profs qui sont le moyen transitoire de leur réussite certaine. Un autre verre, s'il vous plaît. Moi, l'ingrate, je picole, indigne de tant de bonheur. Je devrais exulter, ça m'indiffère. Avec l'alcool et l'émotion nouvelle, les pensées sont confuses. Je pense à le dire à Fleur. Qui sait ce qu'elle fait, en ce moment. Elle n'a pas répondu à mon dernier message.

L'œil de Martin est liquide, le mien aussi. C'est la première fois que je le vois abattre des verres de vin, l'un après l'autre, pressé de boire, voulant s'engouffrer quelque part, n'importe où, mais loin. En même temps, je sens Rose Lee se glisser dans la main qui coiffe les cheveux, dans les jambes qui se croisent et se serrent fort l'une contre l'autre comme pour endiguer l'explosion possible. Il faut l'arrêter, stopper cette femme dont le regard fait de tout homme un véritable roi. Martin se croit appelé, caresse ma main, s'approche, je le laisse faire, mais reste sans réaction. Il se met à parler comme s'il voulait accompagner son geste, ou le banaliser.

– Quand je pense à ce que j'ai entendu sur toi, c'est bête. Tellement bête que je n'ai jamais voulu t'en parler.

– Sur moi ? De quoi tu parles ?

– Ça fait des mois, déjà. Il y a prescription, non ? Et puis, ce n'était qu'un feu de paille, une bêtise d'élève sans suite, du bavardage inutile.

J'enlève ma main de sous la sienne.

– Dis-moi.

– C'est ridicule, Jo !

– Fais-moi rire, alors.

– Tu es prévenue, c'est bête. Kévin, un élève que j'ai eu l'année dernière – il est ami avec un de tes élèves, j'ai plus ou moins surpris une conversation, tu sais que parfois je m'amuse à jouer au basket avec eux –, eh bien ce Kévin croyait t'avoir vue dans une boîte à strip-tease. Enfin, voyons, toi stripteaseuse !

– C'est débile, oui, en effet. Et l'autre, qu'a-t-il dit, l'autre ?

– Bah, ton élève a pouffé de rire, je crois me souvenir qu'il a dit que tu ne pouvais pas danser à cause d'un gros problème au genou, ou au dos, je ne me souviens pas. C'est vrai ça, Jo, c'est quoi ce gros problème ?

– Rien, rien. C'est tout ?

– Bah, oui, je crois. Voilà, des conneries, tu étais prévenue. Moi-même, je n'y ai pas accordé le moindre crédit. Tu es trop intelligente, tu ne ferais jamais une chose pareille. Tu n'es pas du genre à jouer cette carte-là, tu n'es pas une… enfin, tu as compris.

Je suis vexée par sa réflexion. Tellement vexée que, toute à ma colère dissimulée, je ne le vois pas s'approcher de mon visage. J'évite de justesse un baiser, je lui dis seulement « Laisse tomber ». Rien ne bouge dans mon ventre, pensées immobiles dans ma tête, électrocardiogramme plat.

12

Mon plus grand succès de l'année s'étale sous mes yeux. Avant de démarrer le cours, la classe se lève et se tient droite, immobile et silencieuse en attendant la permission de s'asseoir. Ces dernières semaines, j'ai fait cours dans un silence brisé seulement par leurs questions. Les élèves sont venus m'apporter à tour de rôle, à la fin de chaque séance, les devoirs qui n'avaient pas été faits pendant l'année. Je me suis chargée avec joie de ce travail supplémentaire. Feu d'artifice final, inespéré, d'une année scolaire qui se termine aujourd'hui. Le jour de gloire est arrivé mais je le vis avec une toute petite joie. Je suis soulagée, mais je ne suis pas heureuse. J'ai pourtant toujours éprouvé un bonheur éhonté, le dernier jour d'école. Un bonheur infiniment plus grand qu'à l'époque où l'élève c'était moi. Pas aujourd'hui.

La dernière heure de l'année, je ne fais jamais cours. On parle, on improvise une fête, on se dit les mots gentils qui effaceront tous les autres, les moins gentils, qui ont souvent abîmé nos échanges. Encore dix minutes, mon regard revient sans cesse à la montre. Ce ne sont pas les dernières minutes qui sont les meilleures à vivre. C'est le lendemain, lorsque le soulagement est aussi puissant que l'on se croirait enfin privé de pesanteur, nuage parmi d'autres nuages, en train de voleter dans l'azur. Dans mon sac, j'ai rangé la feuille A4 remplie de leurs derniers mots, des mots d'amour comme une lettre d'adieu, le trophée à encadrer pour me dire que tout n'est pas perdu, que je suis une bonne prof, finalement. « Merci, madame, vous m'avez donné le goût de la pensée... Au revoir, madame, je ne vous oublierai jamais... J'espère à bientôt, madame, je voudrais continuer la philo, je pourrai peut-être vous contacter pour quelques conseils ?... Merci, madame, vous nous avez aidés, et ça, ça n'a pas de prix... » Des cœurs par-ci, par-là. Que c'est mignon, toujours touchant lorsqu'on ne garde en mémoire que le happy end. Je me le dis aussi pour ne pas sombrer dans la sensiblerie et la tentation de croire qu'ils ne m'oublieront jamais. On se promet de se revoir, d'organiser une soirée, un goûter, après le bac. Les élèves le disent tous les ans. Après, ils oublient.

Je m'éclipse après leur avoir souhaité les choses habituelles, joie, succès, bonne santé. Je lance un dernier regard à Hadrien. J'ai fait l'effort de me conduire comme s'il était un élève comme les autres. C'est ça qui est dur à avaler.

De retour dans la salle des profs, je vide mon casier. Il y a un mot du concierge qui me demande de passer le voir. Avant d'y aller, je pense à envoyer un message à Fleur. Après son séjour marseillais, elle est partie à Miami avec Rebecca pour danser dans une boîte branchée. J'ai reçu quelques photos d'elles en maillot de bain, toujours très sexy, allongées sur la plage, sourires généreux. Fleur aime bien partir aux États-Unis, elle se sent hors la loi, et ça lui plaît. Il est interdit de travailler sans *green card*, mais beaucoup de clubs ferment les yeux. Ce tourisme professionnel est bien connu, c'est pour ça qu'il ne faut pas partir avec tenues de scène et plateformes dans la valise. On risque d'être renvoyée illico presto chez soi. Fleur me l'a très bien expliqué avec une certaine fierté, comme si ses voyages étaient des missions qu'elle s'amusait à accomplir. Je sais qu'elle a travaillé à New York et à San Francisco. En général, elle part une fois par an, deux mois au maximum. Peut-être est-elle rentrée à présent.

Dans sa loge, le concierge me serre dans ses bras, me souhaite beaucoup de belles choses, me dit «Je suis content pour vous, le XVIᵉ arrondissement, ça va vous changer la vie». Il me tend un petit paquet. Je le glisse dans mon sac et attends d'être dans le bus pour l'ouvrir.

Enveloppés dans du papier rouge, une lettre et un perforateur noir à quatre trous. Mon éclat de rire fait sursauter la dame assise à mes côtés. Je peux l'admettre à présent, j'avais espéré une dernière lettre d'Hadrien, mais je n'aurais jamais pensé à un cadeau de sa part. Ce qui me bouleverse, c'est la délicatesse de ce garçon. Il n'a pas oublié le jour où je l'avais certainement amusé avec ça. Ce n'était pas une astuce pour attirer son attention : je ne comprenais pas comment il s'y prenait pour perforer ses feuilles A4. Je ne connaissais que les perforateurs à deux trous avec lesquels on tente assez désespérément de faire correspondre les trous de la feuille avec les anneaux. Il n'avait pas ri de mon étonnement, m'avait seulement assuré que ça existait. Il a dû se souvenir de l'état de mes classeurs.

Drancy, le 8 juin 2006

Chère Madame,
Cette année est de loin la meilleure que j'ai passée au lycée. Et ce n'est pas parce que c'est la dernière. C'est grâce à vous. Je vous écris une dernière fois pour vous dire du fond du cœur merci pour tout. Je ne comprenais pas pourquoi on devait étudier la philosophie, mais ça y est, j'ai compris. Ça restera pour la vie. Je vous avais aussi demandé comment ça marche, vivre. Je me souviens de ça. Vous vous en souvenez, vous ? C'était la fois où vous m'aviez parlé de Descartes et comme lui vous m'aviez dit d'étudier dans le grand livre du monde. J'y ai beaucoup réfléchi au grand livre du monde. Mais j'ai aussi lu Spinoza, et j'ai acheté De la brièveté de la vie *de Sénèque. Ça m'a passionné, la philosophie, l'expérience, les autres, tout. Et vous surtout. Je pense avoir appris beaucoup en*

vous regardant vivre. Vous m'avez bien conseillé, parce que dans vos lettres vous m'avez montré que la pensée des philosophes peut aider à comprendre la vie.

J'ai bien révisé Spinoza pour le bac, j'ai appris cette phrase par cœur : « Ne pas se moquer, ne pas se lamenter, ne pas détester, mais comprendre. » C'est ce que j'ai fait avec vous. Je sais que vous avez dansé la nuit – peut-être encore aujourd'hui – mais vous êtes si différente des autres profs et de beaucoup d'adultes que je connais que ça ne me choque pas. Quel exemple de liberté, vous m'avez bluffé. Je vous ai beaucoup observée. Vous êtes très belle, Madame. Je vous souhaite d'être toujours vous-même.

Nos routes se séparent, mais sachez que je vous garderai toujours en moi.

Je vous embrasse.

Hadrien

P-S : Et pour ce qui concerne Anne, après des retrouvailles difficiles, nous sommes à nouveau très amis. Peutêtre que quelque chose se passera.

La lettre d'Hadrien me fait ressentir de la douleur et un profond soulagement. Jo est sauvée, Rose Lee n'était pas son diable. L'autre souvenir me revient : c'était une journée où il pleuvait à verse et à la question qu'Hadrien m'avait posée – « Comment ça marche, vivre ? » – j'avais été tentée de répondre un banal « Je ne sais pas, personne ne sait». Mais j'aimais cet élève profondément différent des autres, je lui devais donc toute mon honnêteté intellectuelle. Injustice de l'amour. Ce jour-là je n'ai pas seulement parlé de Descartes, de l'expérience du monde et de soi. Je lui ai dit aussi que vivre, c'est vouloir vivre, c'est faire. Faire comme si. Comme un jeu. Comme l'enfant qui ne voit pas d'écart entre le monde et son sens. Comme si on n'était pas fait pour mourir. As-tu été enfant, un jour, Hadrien ?

Je m'en souviens très bien maintenant.

« On n'est pas fait pour mourir – Il a répété d'innombrables fois cette phrase. – Vivre c'est faire comme si on n'était pas fait pour mourir. »

13

Je vais dans les rues nocturnes mais ce n'est plus de l'errance. Paris, les nuits d'été, c'est un plaisir même dans le désœuvrement qui me saisit en cette fin d'année scolaire. Au moment d'appeler un taxi, j'entends sonner mon téléphone. À trois heures du matin, Coquelicot pleure au bout du fil. Je ne comprends rien à ce qu'elle essaie de me dire. Je l'entends prononcer le nom de Fleur, me dire « Et tu ne sais pas ce qui s'est passé ? C'est horrible Rose, où es-tu Rose ? ». Les souvenirs de l'année scolaire, Hadrien, sa dernière lettre, disparaissent d'une traite. Je demande au chauffeur de me conduire au Dreams.

Je retrouve les lumières, les filles, leurs corps parfaits, mais je n'en reconnais aucune. Où sont mes amies ? Je me dirige vers les loges au moment où Coquelicot en sort. Elle se jette dans mes bras et se met à pleurer. Tout va trop vite. Où est Andrea ? Où sont les autres ? Et Fleur ? Fleur... où est-elle ? Coquelicot pleure, mais ses mots s'élèvent au-dessus de la musique, vont plus loin que la nuit. Quelque chose en moi s'arrête de vivre.

Fleur est morte.

Coquelicot tremble, ses yeux sont gonflés de larmes. Elle va suffoquer.

Fleur est morte.

Je repousse Coquelicot. Le visage de Fleur est là, devant moi. Ça me prend au ventre, ça remonte, ça explose dans le cri et les larmes, et ça fait tellement mal que je ne sais plus où je suis. Ne plus être est l'unique désir que j'éprouve, fort comme l'instinct.

Fleur est morte.

« Non, me dis-je, elle n'est pas morte. Elle n'était pas malade. Elle était happée par les nuits, mais elle s'en sortait bien, ma Fleur. »

Elle ne se croyait pas perdue. L'était-elle ? Pourquoi ne l'ai-je pas senti ? Pourquoi n'ai-je rien fait ? Je n'ai jamais essayé de comprendre ses absences, les longs moments où elle ne donnait pas de nouvelles. Je me disais « C'est comme ça, les gens de la nuit sont comme ça : hors du temps, mais tôt ou tard, ils reviennent. Fleur ne m'oublie pas ». Mais moi, oui, je l'avais oubliée, de peur de replonger dans la passion pour la nuit.

– Ça a fait toute une histoire à la brigade des stups, me dit Coquelicot, ils sont venus ici, tu te rends compte, Rose ?

Fleur, morte d'avoir oublié qu'elle tenait à la vie, d'avoir désiré un monde sans défaut, d'avoir trop râlé parce que les choses n'étaient pas assez ceci ou pas assez cela. Morte d'avoir voulu vivre dans cette zone inconfortable où le désir risque de s'éteindre, brûlé de trop de feux. Morte d'indifférence. «Ça m'est égal», disait-elle, et les hommes défilaient entre ses cuisses, et les femmes aussi. Des enfants, elle n'en voulait pas. À quoi bon donner la vie si ça se termine toujours par la mort ?

La douleur m'envahit comme une déferlante où je ne suis plus rien, je ne suis nulle part et ça cogne à l'intérieur, à l'extérieur, et comme une gifle, son vrai sourire m'apparaît, le sourire de Fleur quand elle ouvrait la porte et, dès le premier regard, je savais, elle avait des conquêtes à m'avouer. Elle me disait les sexes de ses amants, leurs petits défauts, la langue qu'ils glissaient dans sa bouche, son intimité, les mots gentils, les trucs dégueulasses.

Assise dans les loges, je fixe son casier. Au-dessous de son nom, elle avait dessiné une fleur et collé une photo de nous deux. J'ignorais que cette photo était là.

Andrea s'approche, caresse mon visage.

Pas de mots. Il n'y a pas de mots pour ça.

Elle me tend les grosses tenailles dont je la voyais se servir parfois. Andrea les sortait lorsqu'une fille ne donnait plus de nouvelles depuis au moins six mois. Il fallait ouvrir, vider le casier afin de l'attribuer à une autre. Ce soir, elle m'a désignée pour ouvrir le casier de Fleur. Coquelicot me dit en hoquetant :

— On voulait l'ouvrir avec toi. Il y a peut-être des

affaires dedans, on voudrait se les partager, tu es
d'accord ?

Le casier s'ouvre au bruit sec du cadenas qui se brise.
Une trousse ouverte laisse entrevoir mascara, vernis
à ongles, pinceaux. Quelques bas pendent, accrochés à
une petite tringle. Dans un sac en velours noir, ses
tenues de scène. Je vide l'intégralité du sac sur le bureau
qui se couvre d'une pluie de tissus pailletés, jarretières,
soutien-gorge. Le parfum de Fleur se dégage du tas de
vêtements comme une rafale de vent qui claque, et ce
sont des souvenirs ébouriffés qui viennent d'un coup
brûler mon visage. C'est trop dur.

Coquelicot sort du tas la robe à paillettes, décolleté
plongeant, la préférée de Fleur.

– Celle-ci est pour toi, Rose.

Elle sait que j'adore cette robe. Quand Fleur la por-
tait, ça me faisait rêver. Fleur, une poupée de boîte à
musique dans son écrin de lumière. Fleur, femme fatale
éthérée, distante et obscène. Lorsqu'elle apparaissait
sur scène, on aurait dit un jaillissement de flammes, une
féerie. Ça s'exclamait, ça hurlait autour d'elle. La robe
collée aux narines, je voudrais m'étouffer dans le parfum qui s'en exhale. J'ai l'impression que son corps se
matérialise dans son odeur et j'ai moins mal. J'ai envie
de la porter, j'enlève mes vêtements pour l'enfiler pendant que Coquelicot s'empare d'une autre robe, rouge,
Iris d'une noire. Rebecca essaie un soutien-gorge.

Mélisse me tend une paire d'escarpins.

– Moi aussi, je veux que tu portes un truc à moi.
Tiens mes pompes, je te les offre.

Coquelicot ouvre son casier et en sort une petite
boîte.

– Ça va bien t'aller, ça, me dit-elle, ce sont de faux
cils tout neufs.

La première nuit, c'est elle qui m'avait maquillée. Ce
souvenir est très vif, comme si c'était hier. Je m'assois
à la même place devant le miroir et je laisse Coquelicot
s'occuper de moi. Elle sort les faux cils, et aussi colle,
pinceau, blush, rouge à lèvres, se pare, devant moi,
sourit enfin, ses mains prennent mon visage, sa bouche
se colle à ma bouche et laisse sur mes lèvres un peu de
son sourire. Merci Coquelicot, si jeune et si forte.

Iris s'approche, elle me tend un joli ruban en velours
noir que je noue autour de mon cou. Andrea me coiffe.
Avec un fer à boucler, elle met de la vie dans mes cheveux. Rebecca m'offre une nouvelle jarretière, très fine,
comme je les aime. J'essaie les escarpins que Mélisse m'a
donnés, ça revient tout de suite l'envie de se déhancher.
Je regarde mes jambes dans le grand miroir et je monte
en salle chercher Fleur. Elle est là, posée au comptoir, je
la vois qui exige son premier verre, un gin fizz ou une
vodka tonic. Le rouge écarlate de ses lèvres s'anime.
Fleur boit, croise les jambes, sa jarretière brille dans mes
yeux noyés de larmes. Elle danse avec la nuit, lumière
sombre parmi les lumières sombres. On partait souvent
ensemble, après le travail. Elle m'envoyait des messages

pour savoir si j'étais bien rentrée. «Écris-moi», disait-elle, et moi j'écrivais «Es-tu arrivée ma Fleur? Moi, je suis chez moi». Elle répondait «J'ai pris le bus, pas de taxi et tant mieux, comme ça c'est gratuit. Je gère, chouchou».

Fleur ne rentrait pas toujours. Ça, je l'avais compris.

D'autres fois, on descendait les Champs, main dans la main. Parfois, elle se mettait à danser, elle voltigeait comme un papillon autour de moi qui la regardais envoûtée. Je ne comprenais pas toute cette joie, l'énergie à laquelle elle donnait la forme de la danse du papillon à cinq heures du matin, dans la rue. Mais je la prenais par la main et j'avais l'impression que j'allais faire un arrêt cardiaque, que toute cette ivresse durerait indéfiniment.

J'aimais lui demander «Qu'est-ce que tu feras après, tu as des projets?». Elle ne voulait pas répondre, haussait les épaules et continuait à danser, comme l'enfant buté dans ses fantaisies, hors du monde. Une seule fois, Fleur m'a gratifiée d'une réponse.

– Oh, tu sais, je n'aime que ça, en fait. C'est magnifique d'être sur scène, de danser presque nue, de porter des tenues qu'on ne mettrait pas autrement. Après c'est moche, parce que tu deviens normale.

Fleur, ma Fleur, tu ne deviendras jamais normale, tu ne quitteras jamais la nuit, la vie folle, les fous rires et tes ivresses. Tu danseras nue pour l'éternité.

Coquelicot s'approche de moi, me dit à l'oreille « Fleur est avec nous, je sais que de là-haut elle est contente que tu sois là, avec sa robe ». Elle me tend son verre alors que la voix sensuelle du DJ annonce la prochaine fille sur scène. Réveil en sursaut au cœur de la nuit : *Rose Lee, next*. Rose Lee, c'est moi. Coquelicot garde le verre, voudrait me pousser en direction de la scène mais pieds, jambes, poitrine, tout mon corps se dirige déjà vers la surface transparente du podium. Je le fais, appelée par l'envie irrésistible de bouger, de laisser partir le chagrin avec les notes de musique, et ça chante à l'intérieur de moi, ça chante sur scène où je glisse sur mes pensées tristes. *The heart is a bloom shoots up through the stony ground... it's a beautiful day sky falls... it's a beautiful day don't let it get away...* J'adore cette chanson de U2, le DJ le sait. Les filles s'approchent du podium, appellent les clients, s'entêtent à vouloir chasser la tristesse par l'allégresse. Je veux danser avec elles. Elles et moi, un seul corps de femme traversé par une émotion trop forte, difficile à porter sans les projecteurs de la scène. Coquelicot m'enlace, Mélisse me met une main aux fesses, de l'autre elle caresse mon visage, Iris m'embrasse sur la bouche. Être ici, sur le podium, ça balaie la peur, ça efface la peine. Rebecca aussi monte sur scène avec nous. Je le vois maintenant, elle a perdu à jamais son air de brave petite fille. Son regard est sombre, puissant. Ses cheveux, elle les a teints en blond vénitien. Je la regarde danser, ses mouvements ont pris de la rondeur, elle a appris la sensualité comme on attrape une maladie. C'est là, et ça ne partira jamais plus.

Nous formons un cercle, Coquelicot est au milieu, elle enlève sa robe, courbe son dos pour faire tomber ses seins, contracte ses fesses pour en faire ressortir la cellulite. Elle joue à s'enlaidir, s'enfonce dans le ridicule pour singer la laideur et l'embonpoint, la chair flasque, la peau qui tombe, dans une grimace affreuse. Elle marche comme un canard disgracieux, ma belle Coquelicot, et j'éclate de rire, parce qu'elle est douée, n'a pas honte, rit et fait rire. Les larmes, c'est de trop s'esclaffer, et l'éclat ce sont toutes ces filles qui un… deux… trois… enlèvent le soutien-gorge au même moment, font onduler leurs épaules, vite, de plus en plus vite, pour faire valser les seins, à droite et à gauche, en haut et en bas. Rebecca s'aide de ses deux mains, les faux seins, ça ne bouge pas tout seul. Coquelicot lève la tête vers Andrea qui, debout près du bar, nous regarde. Ce soir, elle a quitté son rôle de censeur, son visage est traversé par la douceur. Andrea sourit, je sais qu'elle est émue. D'un geste de la tête, elle dit oui à Coquelicot. Des hommes s'approchent timidement du podium, quelques mains tendues lancent de l'argent. Mais nous ne les voyons presque plus, tous ces clients hébétés qui se demandent sans doute « On est où, il se passe quoi ? », nous ne ramassons pas l'argent qu'ils jettent à nos pieds. Nous sommes toutes nues mais seulement pour nous-mêmes et personne d'autre, dépouillées de vanité, légères d'avoir pleuré nos larmes noires de mascara, et cet instant est parfait. La mort, non, nous ne sommes pas d'accord, c'est pourquoi dangereusement nous dansons sans plus aucun vêtement, même les petits strings ont fini sur le tas formé par nos tenues de scène qu'on a envoyées valdinguer là-bas, sur tables et fauteuils. Coquelicot attrape la barre, ligne tendue, solide, qui se perd dans un horizon vertical auquel elle va s'accrocher pour grimper tout là-haut jusqu'au plafond. Les yeux de toute la salle la suivent lorsqu'elle se met ensuite tête en bas, jambes pliées, prise parfaite, elle serre et desserre la barre pour se laisser glisser en tournant. Coquelicot tournoie, voltige. Elle ralentit, puis accélère et c'est son corps l'axe central dont se dégage le mouvement perpétuel de l'astre. Nous la regardons comme le songe d'un soir d'été.

Épilogue

Tout est clair, ça revient comme le souvenir de l'enfance, le goût des plats de grand-mère, l'odeur de l'eau de Cologne, quelque chose d'impalpable et pourtant indélébile. Je n'ai rien oublié de ce que j'ai vécu. Tout est comme avant, même si tout me paraît différent sans Fleur. Mais c'est là que je veux revenir. J'avais fui la nuit, certaine qu'en elle se tapissait l'offense ultime, le risque d'effacer ce que, ailleurs, j'avais appris avec tant d'efforts. Parfois, sous mes yeux défilaient les livres ingurgités et recrachés avec discipline, les diplômes obtenus, les joies de l'intellect, l'amour du savoir, le pari pascalien, l'Âme, Dieu, la Beauté. Hadrien, lui aussi, m'avait semblé une très bonne raison d'arrêter. Mais face à cette évidence, une autre, féroce et inaltérable, s'est imposée à moi. L'évidence que, forte de mon savoir livresque, j'ai vécu inculte. Inculte d'expérience, d'émotions vives, de connaissance de l'humain et de moi-même. Surtout de moi-même. Avant d'être qui que ce soit, j'aurais dû être Rose Lee.

Je veux être Rose Lee. Reine ou pute, qu'importe si les instants les plus heureux de ma vie je les passe ici, nue, avec les faux cils que Coquelicot m'a offerts.

Composition : IGS-CP
Impression : CPI Bussière en juin 2020
Éditions Albin Michel
22, rue Huyghens, 75014 Paris
www.albin-michel.fr
ISBN : 978-2-226-45410-2
N° d'édition : 24139/01 – N° d'impression : 2050172
Dépôt légal : août 2020
Imprimé en France